LETTRES

DE

MIRABEAU A CHAMFORT.

LETTRES

DE

MIRABEAU A CHAMFORT,

IMPRIMÉES SUR LES ORIGINAUX

ECRITS DE LA MAIN DE MIRABEAU,

ET SUIVIES D'UNE TRADUCTION

DE LA DISSERTATION ALLEMANDE

SUR LES CAUSES DE L'UNIVERSALITÉ DE LA LANGUE FRANÇAISE, qui a partagé le Prix de l'Académie de Berlin; Traduction attribuée à MIRABEAU et imprimée sur le Manuscrit corrigé de sa main.

A PARIS.

Chez le DIRECTEUR de la *Décade philosophique*, rue Thérèse, butte des Moulins.

An V. de la République française.

AVIS

DE L'ÉDITEUR.

Je ferai en très-peu de mots l'éloge de ces Lettres :

Elles sont de Mirabeau.[1]

Les originaux, écrits de sa main, sont déposés chez le Directeur de la Décade Philosophique, rue Thérese. Les curieux pourront les y voir.

Plusieurs furent écrites à Paris, quelques unes dans un voyage en Hollande, d'autres en Angleterre.

Ces dernières, sur-tout, doivent piquer la curiosité. On doit aimer à savoir comment un tel juge à vu les Anglais.

Toutes sont adressées à un Hommede-Lettres, célèbre par ses talens, par son esprit, par sa mort funeste; à Chamfort.

Mirabeau l'aimait alors tendrement, quoiqu'il reconnût en lui une grande supériorité.

Il lui parle comme un ami à son ami, comme un disciple à son maître.

Ces Lettres les honorent tous deux.

TABLE.

Fin de la Table.

LETTRES
DE
MIRABEAU A CHAMFORT.

LETTRE PREMIÈRE.

4 Décembre 1783.

EXPLIQUEZ-MOI, mon très-aimable ami, si les Traductions grecques et latines de M. de Pompignan que vous desirez consulter, sont dans les deux derniers volumes de sa nouvelle collection. Je ne les ai point encore ; mais je puis les avoir sur le champ. Si c'est au contraire dans les Mélanges de littérature qu'il a donnés il y a deux ou trois ans, que vous cherchez M. St.-Grégoire, je n'ai point mes livres ici ; et ces médiocres *miscellanea* ne sont pas sur ma très-petite tablette ; mais je puis les avoir dans la matinée. Expliquez-vous donc ; car je n'ai reçu qu'hier soir en rentrant votre lettre, qui pourtant est datée du 2 ; et je suis impatient de n'avoir pas fait ce que vous demandiez de moi.

Pendant qu'on relie votre exemplaire du livre que

vous voulez bien desirer (1), je vous envoie celui que j'avais fait entre-mêler de feuilles d'attente pour moi, et qui est en bel état, comme vous voyez, parce qu'il a fait 7 ou 800 lieues, et passé par bien des mains. Ce me sera un véritable service et dont je vous aurai une reconnaissance éternelle et bien douce, si vous avez le courage d'en entreprendre une censure très-sévère, soit pour le fond, soit sur la forme.

Quant au fond, je sais que j'ai médité profondément le plan, et que cependant on lui a reproché quelques défauts d'ordre. A-t-on raison? C'est ce que je ne veux ni ne puis décider. Mais ce que je sais sur-tout, c'est que riche en résultats moraux comme vous l'êtes, en vues profondes, en apperçus nouveaux et d'un coloris qui n'est qu'à vous, vous pouvez m'enrichir infiniment, et que vous êtes capable du noble sentiment de le vouloir ; 1°. parce que vous m'aimez; 2°. parce que cet ouvrage n'a pas été sans quelque utilité, et qu'ainsi c'est une bonne œuvre que de le rendre le moins mauvais possible; 3°. parce que Montmartel n'avait pas peur qu'un modeste client le ruinât.

Quant à la forme, je sais qu'il y a beaucoup d'incorrections, et peut-être aussi de cette obscurité dont les écrits d'un reclus ne paraissent le plus souvent

(1) *Des Lettres de cachet et des Prisons d'état.*

aux gens du monde, que parce qu'ils ne lisent pas avec autant d'attention qu'il a écrit. Pour vous qui savez méditer et dilucider, composer et colorier, vous qui avec l'ame et le génie de Tacite, avez l'esprit de Lucien et la muse de Voltaire quand il rit et ne grimace pas; si vous voulez laisser quelques jours sur votre pupître mon ouvrage, médiocre à la vérité, mais non pas méprisable, il méritera bientôt d'être placé au nombre des bons livres.

Je crois dès long-tems que de bons apologues seraient plus utiles que de bons traités de morale; jugez du cas que je fais des vôtres, et de l'incroyable talent que vous a donné la nature en ce genre. Mais parbleu, mon beau Monsieur, je ne me charge la conscience d'aucun péché dont je n'aie eu le plaisir. Ainsi, aujourd'hui, ou au plus tard demain sans faute, j'irai entendre l'apologue qui, en bonne règle, est à moi, puisqu'il a été fait pour moi. Bonjour, mon cher et aimable ami. *Vale et me ama.*

MIRABEAU, *fils.*

Dupont vous portera lui-même son Roland. Il a vu M. de C..... (1). Il a à lui faire d'ici à mercredi prochain, le rapport d'une très-grande affaire; et je crois qu'il sont contens l'un de l'autre.

(1) De Calonne.

LETTRE II. (1)

Bruxelles, 8 Mai 1784.

J'ARRIVE, mon cher Comte, après toutes les contrariétés de détail qu'a pu me susciter la fougue de ma mère provoquée et exaltée par la jalousie la plus forcenée qui fût jamais, et qui à l'instant a tellement dénaturé les personnes et les choses que je me suis trouvé tout-à-coup ne partant pour Bruxelles que pour enlever une jolie femme frappée de lettre-de-cachet. Notez, s'il vous plaît, que je n'ai pu avoir de passe-port que signé Vergennes, *sous le nom de cette Dame*, et moi passant pour son secrétaire, comme j'en convaincrai les mécréans par la vue même du passe-port. Je vous dis tout cela, parce que les deux femmes impétueuses qui avaient entrepris de m'empêcher de partir, auront assurément rempli Paris de leurs clameurs, et qu'il est bon que vous sachiez l'exacte vérité.

Tout ce beau charivari ne m'a permis de partir le jeudi qu'à 7 heures du soir; aussi ne suis-je arrivé que ce matin, ma compagne ayant eu cependant la la bonté de ne s'arrêter que 3 heures et demi. Bien

(1) Cette lettre est adressée au Comte d'Entraigues.

m'en a pris d'avoir un passe-port ; car à Valenciennes on arrête pour toutes les routes possibles, excepté pour celle de Paris. Il y a un dessous de cartes à cet égard, qui, dit-on, porte sur une grande banqueroute. Pour aller de Valenciennes à Bruxelles, il en coûte aussi cher que de Paris à Valenciennes ; et certes, cela n'entrait pas dans mon calcul. Imaginez-vous que M. de la Lettre pastorale a doublé tous les prix des postes, et que par un raffinement que nous ignorons encore dans notre fiscale France, une fois la poste prise, il n'est plus permis de prendre une autre manière de voyager, sous peine de 300 liv. d'amende pour le conducteur.

Pour comble de bonheur, je trouve le Comte Han d'Elène absent, et B. en banqueroute, d'où il suit que tous mes renseignemens deviennent inutiles et que si ma compagne de voyage ne parvenait pas à lever les difficultés, comme elle l'espère, il me faudrait aller à Gand ou à Maestricht.

J'espère que vous aurez parlé à l'homme de la rue des Anglais; car il y a beaucoup à parier que s'il ne me vient pas secours de là, je serai obligé de faire l'entreprise à mon compte; ce qui serait long, pénible et embarrassant jusqu'au découragement.

Vous voyez, mon cher Comte, qu'il m'est impossible de vous dire avant demain, quelle sera ma marche, ou l'époque de mon retour, ni même le succès de mon voyage. Il a été très-embelli par les grâces et la douceur touchante de Mad[e]. Vanharen ; il y a long-tems que je n'avais goûté d'un tel régime, et l'autre genre ne blase pas. Ecrivez-moi sur-le-champ à M. Hardy à l'hôtel de l'Empereur, n°. 18 ; et aimez-moi comme je ne cesserai jamais de vous aimer.

M......

Je vous supplie que cette lettre vous soit commune avec Chamfort, hôtel de Vaudreuil, rue de Bourbon. Il est bon que vous sachiez que M. Blondel est dans le secret du voyage de Mad[e]. Vanharen, car tel est le vrai nom de la prétendue Nehra, mais que ce soit un secret pour tous autres que pour vous.

LETTRE III.

J'ÉCRIS au Comte d'Entraigues, mon cher ami, avec la crainte que ma lettre ne le trouve plus à Paris ; ou plutôt je vous écris à tous dans cette perplexité vraiment étouffante, qui naît d'une situation très-fâcheuse et aggravée par le manque absolu des combinaisons nécessaires pour l'expliquer. Me voici au 15 Mai, sans avoir reçu une ligne de France, d'aucune ame vivante, comme dit l'éloquent Linguet. Pas le plus petit bout de lettre, soit à Bruxelles, soit ici, n'est venu m'apprendre si ma chère patrie a subi le sort de la Pouille et de la Calabre. A 5 ou 6000 individus près, que plus grand malheur n'arrive. Mais enfin que devenez-vous tous ? je dis *tous* ; car ma compagne de voyage n'a pas été plus heureuse. Or comment expliquer tout cela ? Quoique à la veille d'un boulversement effroyable, la Hollande n'a point sur cette frontière d'inquisition des postes. Maestricht craint beaucoup plus un siège qu'une interception de lettres. C'est donc de là bas que les lettres ne partent point ; or ce n'est point là la règle : ils décachètent ; mais ils n'arrêtent pas. Je vous prie de me dire si mon pauvre cerveau ne doit pas être fou, agité de toutes ces bizarreries.

Malgré la Kermesse de Saint-Servais, qui m'a volé deux grands jours, pendant lesquels de pauvres gens qui n'ont que cette occasion là de s'enivrer dans l'année, ne travailleraient pas, quand on les couvrirait d'or ; malgré les obsèques du Prince de Liège, qui ont fort distrait, malgré toutes les épines de détail que mon étoile me suscite toujours pour me mettre en loques, ma besogne sera finie mardi matin. Mais comme la Princesse de Grimberghen, sœur de Maltzan, n'est point à Bruxelles ; comme d'Han n'y est pas non plus, et que le crochet de Gand pour m'en retourner, aggrave beaucoup les frais, si je ne reçois point de convoi de France, il faudra que je m'opiniâtre au siège, au lieu de le lever, et que j'attende malgré moi l'arrivée du régiment de May où ma compagne a des parens qu'elle peut invoquer, au lieu qu'il lui faut se cacher de ceux qui sont à

Bruxelles. Vous sentez bien que la prolongation très-imprévue du voyage a vermoulu mes finances; or dans les troupes qui marchent ici au nombre de 6000 hommes, le régiment de May fait l'arrière garde; et voilà comme je suis heureux.

Sur le tout, je vous rapporte (car il faudra bien que je revienne, fut-ce à pied) une belle provision d'idées et de faits sur le pasteur Autrichien. Il devrait avoir à côté de lui un Sancho qui ne cessât point de lui répéter : *Qui trop embrasse, mal étreint.*

Adieu, mon ami, ne m'écrivez plus qu'à Bruxelles à M. Hardy, hôtel de l'Empereur; mais pour Dieu, écrivez-moi que vous vivez et que vous m'aimez.

LETTRE IV.

Paris, Juin 1784.

JE suis fâché, mon bon ami, que vous ne m'ayez pas envoyé la brochure anglaise, parce que j'en aurais du moins extrait ce matin, ce qui peut en être bon en soi-même ou à notre but. Mais nous nous verrons aujourd'hui : je ne sortirai de chez moi que pour aller dîner chez Maltzan, à moins que le beau tems qui n'est rien moins que décidé (car je vous écris à la pointe du jour, et il a plu cette nuit), mais qui le sera lorsque vous recevrez ceci, ne vous invite à venir vous promener, depuis dix heures et demi, jusqu'à deux heures, sur la terrasse des Feuillans, auquel cas je m'y rendrai, et vous conduirai chez la D^{sse}. de Brancas, où j'irai vous prendre encore ce soir si vous voulez. Vous voyez que je suis parfaitement disponible aujourd'hui, et qu'ainsi c'est à vous à nommer les heures et à régler ma marche. Je vous envoie la suite de Brotier. Envoyez-moi la brochure anglaise si vous voulez. *Vale et me ama.* M.....

Il n'y a et il ne doit y avoir dans ce dernier mémoire que les faits du procès; mais la réponse péremptoire à toutes les calomnies et de Mad^{e}. de Mirabeau et de mon père, existe déjà dans un ancien mémoire qui, dans plusieurs endroits, vaut la peine d'être lu, et qui renferme la justification la plus irréplicable et la plus complète. Je n'avais qu'un très-violent mal de tête dont je ne suis pas tout-à-fait délivré.

LETTRE V.

Paris, 22 Juin 1784.

JE ne m'accoutume pas aisément à l'idée d'être réduit à causer par écrit avec vous, mon ami;

votre société est si douce; votre conversation si séduisante et votre amitié si confiante, qu'il est impossible qu'une correspondance en remplace le moindre charme. L'union des ames ne veut point de réserve; les lettres en exigent. Eh! qui pourrait exprimer ce qu'un seul regard fait entendre? Quoiqu'il en soit, je ne suis pas l'enfant gâté du sort, et je dois être habitué aux contrariétés. Ainsi, je n'ai presque pas le droit de me plaindre de celle-ci, dont vous ne pouvez d'ailleurs ressentir que la moitié, puisque dans votre belle solitude vous avez un ami très aimable et très-cher. Or, je vous aime pour vous, quoique je jouisse de notre amitié pour moi; ainsi je ne me permettrai pas même de presser votre retour.

J'ai vu hier Ladi-ficulté, et je n'en ai pas été content. D'abord, le tems était orageux jusqu'à la tempête, et il a été impossible de se promener au jardin. De-là, témoins, espions, humeur et réserve; ensuite, sa conversation a eu du haut et du bas; elle n'a pas dit un mot direct de l'homme à qui nous nous intéressons; mais elle a tenu des propos si étranges sur les gens de lettres et sur leurs défauts de société; sur l'impossibilité d'en rencontrer un d'aimable; sur le danger d'être leur intime, que j'ai vu clairement de l'affectation dans ce sujet de conversation, et dans la manière dont il était traité.

L'Auvergnat (1), après cette longue dissertation, est venu comme exemple, et seulement par occasion. On a dit que Voltaire lui-même n'avait pas eu plus d'esprit que celui là; que la nature lui avait donné beaucoup de graces et de sensibilité, et que l'exercice des lettres l'avait rendu égoïste et caustique. J'ai débattu l'égoïsme avec un très-grand succès; et j'ai expliqué la causticité avec assez d'adresse, en fesant remarquer d'ailleurs, ce qui est très-vrai, que cette causticité que provoquent les ridicules, les vices et les méchans, devient toute tolérance et bonté en amitié. On est convenu de cela; mais il m'a paru qu'il y avait un parti pris d'avoir de l'humeur, et on l'a poussée jusqu'à dire qu'on n'avait vu que le petit Abbé de Constantinople (2) aimable en société, quoi qu'on le dédaignât comme ami, ou plutôt qu'on le crût incapable de l'être. Vous connaissez cette manière de tomber d'accord dans la discussion des détails, et de revenir avec opiniâtreté à l'assertion à laquelle l'interlocuteur oppose les détails non disputés. Tel a été le système de défense de la jolie disputeuse. Il est clair qu'elle avait de l'humeur; la cause n'en est pas si aisée à démêler. Avant-

(1) C'est Chamfort lui-même qui est désigné par ce sobriquet. On sait qu'il était né près de Clermont, en Auvergne.

(2) L'Abbé de L.....

hier, j'aurais cru sans difficulté que c'était le départ ; qui très-certainement en a beaucoup donné. Hier, cela m'a paru incertain ; et comme nous n'avons pas pu être seuls un instant, il n'a pas été possible d'aller directement à la découverte. Les entours aussi paraissaient incommoder ; ma sortie, beaucoup plus prompte que je ne l'avais annoncé, parce que j'ai vu que la conversation ne cesserait certainement pas d'être amphibologique, a fâché aussi. En un mot, *non liquet* ; et avec ce sexe, sans être un sot, on saute quelquefois pour reculer.

Il faut que vous sachiez qu'elle avait eu par écrit une scène épouvantable. L'honorable Hibernois ne se console pas que son précieux rejeton ne porte pas le nom de *Jean* ; et il voulait absolument que les puissances ecclésiastiques et civiles intervinssent pour lui ajouter ce nom de mauvaise compagnie. Lady s'est permis des objections qui ont été très-mal reçues ; enfin je me suis chargé de démontrer par un billet l'absurdité de cette prétention ; je l'ai fait, et il a paru que j'ôtais un grand poids à la pauvre brutalisée. Est-ce là cette frayeur de la soumission d'amour ; cette tendre inquiétude tenant à l'abnégation de soi ? Je ne le crois pas. C'est donc de la lâcheté ? Je ne le crois pas non plus Les caractères doux et les cœurs superstitieux en amour se laissent tyranniser longtems ; mais un moment vient où ils brisent le joug, et c'est alors l'affaire d'un moment et d'un mot.

Au reste, ce qu'on doit en amitié, c'est sur-tout la vérité; et voilà pourquoi je vous répète que j'ai été hier, beaucoup plus qu'un autre jour, réduit à conjecturer. Je ne crois pas qu'on puisse m'échapper long-tems; et j'attends avec impatience la lettre de notre ami, comme une épreuve sérieuse. Alors, comme aujourd'hui, il peut compter sur la vérité sans réticences. Je l'estime trop pour lui tâter le pouls. Qu'il compte sur mon zèle à vous suppléer, et qu'il n'ait pas d'inquiétude sur la foule de détails que je ne puis pas écrire. Je n'en ai pas négligé un seul; et l'on sait, par exemple, très-bien que l'Auvergnat se croit guéri et qu'il ne l'est pas; qu'il s'est félicité de son voyage, et qu'il en souffre; qu'un signe prolongera ou abrégera ce voyage; qu'en un mot il est vaincu, mais non pas subjugé.

Ne vous attendez pas que je vous donne de grandes nouvelles de ce páys, où vous avez à coup sûr de meilleurs correspondans que moi. Voici cependant un lazzi que je vous fais passer, parce que je le tiens de la première main. Un grand Abbé que vous connaissez peut-être, frère de Sabathier de Castre, que vous connaissez sûrement, était avant-hier aux Variétés-Amusantes, devant un très-petit homme, qui lui a fait la prière usitée en pareil cas. Monsieur, a répondu l'Abbé, chacun est ici pour son argent, et je garde ma place. — Mais, Monsieur, je ne puis pas vous nuire, et vous me privez du spectacle. — Monsieur, j'en suis fâché, et je garde ma place. — Je vous assure, Monsieur, qu'il est de votre intérêt d'être plus complaisant. — Comment, Monsieur, que voulez-vous dire? — Que je suis persuadé qu'il vous arrivera quelque chose de désagréable, si vous ne déferez pas à ma prière. — Comment, Monsieur, vous me menacez! — Dieu m'en garde, Monsieur; mais si vous ne me cédez pas votre place, vous vous en repentirez. — Parbleu, voilà une manière nouvelle de prier les gens; et certes elle ne réussira pas. — Monsieur, faites bien vos réflexions; car il vous arrivera malheur si vous ne passez derrière moi. — Monsieur, laissez-moi en repos ..... Alors, le petit homme dit à son voisin: voyez-vous ce grand Abbé; c'est l'abbé Miolan. — L'abbé Miolan! — Oui, l'abbé Miolan, le grand constructeur de ballons brûlés. — Messieurs, voyez-vous l'abbé Miolan? (1) — L'abbé Miolan! Toute

(1) En ce tems-là on s'occupait beaucoup des Ballons nouvellement découverts par Mongolfier. Un Physicien, nommé l'Abbé Miolan, en annonça un qui devait s'élever du Luxembourg. On s'y rendit en foule. Les billets d'end'entrée coutaient 6 liv. : l'expérience manqua et l'on ne rendit pas l'argent. L'auteur s'enfuit et fit bien, car le peuple n'entendait pas raillerie et voulait le mettre en pièces. C'était donc, peu de jours après, jouer un tour sanglant à un autre Abbé, que de l'appeler de ce nom daus un lieu public.

la salle répète en écho, l'abbé Miolan, et les battemens de mains; et les huées; et les *miau*, *miau*, *miau*. Le grand Abbé s'enfuit, trop heureux de n'être pas écrasé..... Certainement le petit homme n'était pas bête; et le grand Abbé n'est pas poli.

J'attends avec une impatience proportionnée à l'objet, à la situation et à l'opinion que j'ai de l'homme et du sujet traité par un tel homme, la traduction que vous savez. Ne la négligez pas, je vous en prie; vos futures moissons y sont fortement intéressées. Il y a bien loin entre savoir que des principes sont utiles, et posséder l'art de les faire adopter aux autres hommes. Cet art demande de grandes préparations et des circonstances auxiliaires. Une impatience qui a même quelque chose de louable entraîne les gens de bien à promulguer les vérités qui les frappent, dès l'instant où elles s'offrent à leurs yeux, et sans avoir réfléchi si elles s'y sont présentées dans l'enchaînement le plus propre à forcer le consentement de tous les esprits. Rien ne diffère plus de l'ordre de génération des idées, que celui de leur perquisition. Il faut que les sciences soient déjà complètes, avant qu'on puisse faire des méthodes; il faut que les vérités morales soient familières avant d'être usuelles. Les langues existaient depuis une longue suite de siècles, quand on est parvenu à rédiger les grammaires qui nous en rendent aujourd'hui l'étude plus facile. Il faut que des livres de morale ou de politique *ex professo*, aient cerné et déchaussé tel préjugé, avant que la comédie puisse l'extirper en le vouant au ridicule.

Pour votre propre intérêt, dépêchez-vous donc, mon ami ; mais que diable vous parlai-je de votre intérêt, tandis que vous savez que le ménage meurt de faim et spécule sur la brochure ! *Vale et me ama.*

M.......

LETTRE VI.

Paris, 23 Juin 1784.

JE ne vous écrirai pas long-tems aujourd'hui, mon ami, 1°. parce que j'ai la fièvre et que j'ai passé une nuit très-agitée et très-douloureuse ; 2°. parce qu'ayant déménagé hier, au milieu des angoisses de la plus cruelle pénurie, je n'ai pas été dans la maison qui nécessiterait les relations ; 3°. parce que, dans le hourvaris d'un déplacement, je ne sais où appuyer ma main, ni presque où poser ma tête. Vous voyez que j'ai, comme M. Pincé, mes trois raisons, et qu'elles ne sont pas si gaies. Je ne vous aurais point du tout écrit, si je n'eusse pris l'engagement de griffonner chaque jour ; ce qui ne laisse pas que de me donner du remords ; car ce que je vous envoie ne vaut pas sûrement le port ; mais

mais la lettre d'hier, qui était plus substancielle, vous sera parvenue contre-signée et paraphée. Ainsi voilà compensation.

Ecrivez-moi désormais rue de la Roquette, maison de M. d'Héricourt, près de celle du Jardinier de la Reine. A calculer les seules distances de mes gens d'affaires, il est impossible que je reste ici. Jugez ce que paraît ce quartier aux yeux de mon amitié pour vous! J'aimerais autant être en Sibérie. Mais je ne prendrai aucun arrangement que je ne sache où vous passerez l'hiver; car les méprises, en fait de déménagemens, sont très-chères.

S'il est possible, dans ce beau Rosny, que le plus désintéressé des Sur-Intendans qu'ait eu la France n'a pas dédaigné de porter à une valeur de plusieurs millions, de penser à l'indigence et de former des plans utiles pour elle, rêvez à quelque grande entreprise de librairie, que vous puissiez proposer à P......., pour moi, et qui m'assure la liberté d'envoyer chercher dix ou douze fois par an 12 ou 15 louis; certainement, je ne serai ni aussi indiscret, ni aussi paresseux, ni probablement aussi stupide que La H...... Si P....... n'avait pas fait cette bête d'édition in-12 des Mémoires de l'Académie des Inscriptions, (format ridicule pour tout ouvrage d'érudition, collection fastidieuse et presque d'aucun usage, tant qu'il n'y aura ni ordre ni choix) je proposerais un excellent travail sur cet amas indigeste, et tel à-peu-près, pour parler modestement, que Dieu a dû le faire sur le chaos. Rêvez, mon ami, à cela, ou à toute autre chose. Les châteaux en Espagne de l'amitié valent bien ceux de l'ambition. *Vale et me ama.* M......

LETTRE VII.

JE n'ai reçu qu'hier au soir votre lettre du jeudi, mon cher ami; mais j'ai lieu de croire qu'elle était arrivée dès le matin; ainsi j'en attends une dans la matinée, à ma nouvelle adresse. J'allai hier chez Aspasie (1); et je la trouvai entourée, mais avec les symptômes d'une prochaine liberté; car sa garde l'a déjà quittée, et son Hibernois se prépare visiblement à la quitter jusqu'à la vallée de Josaphat. Ce bourreau de Bastien, en s'obstinant à purger de deux jours l'un, des entrailles irritées jusqu'à l'inflammation, l'a jeté dans une colique qui pourrait bien être la dernière; elle dure depuis trois jours avec des douleurs intolérables. Hier enfin l'on s'est avisé de le jeter dans le bain, et il s'est, dit-

(1) C'est la même qui est aussi appelée Lady dans ces lettres : il sera facile pour ceux qui ont été liés avec Chamfort et Mirabeau, de deviner par quelques rapprochemens qu'elle est cette très-aimable Aspasie. Il est inutile que les autres le sachent.

on, senti soulagé, de manière du moins à supporter la vie. Une circonstance parfaitement vraie, et dans le récit de laquelle nulle illusion ne peut influer, puisque le fait m'a inspiré de la répugnance et non pas du plaisir, c'est que Lady ne fut jamais plus gaie qu'hier, gaie jusqu'à l'enfance, gaie jusqu'à la polissonnerie. Dira-t-on que c'est le mieux de l'Hibernois, ou la sécurité de l'amour qui s'endort sur l'espérance? Je répondrai que rien n'est moins naturel assurément, ni même possible à l'amour, après trois jours d'un très-cruel danger; et que cela l'est beaucoup moins encore chez la femme que j'ai vue se trouver mal hier sérieusement, et avec un renversement absolu de tout les sens, à une chûte de son fils Alexis, qui ne fit que faire pâlir l'enfant, lequel se releva sur-le-champ. Je suis convaincu qu'Aspasie n'aime pas *le Hibernois*, et je trouve que, même ne l'aimant pas, il y a une véritable dureté à ne pas prendre un plus grand intérêt à un mourant dont on a été l'intime, et sur-tout une grande inconséquence à conserver les charges de cette intimité, quand on n'en choye pas la plus légère trace d'affection. Au demeurant, elle m'a demandé si j'avais des nouvelles de l'Auvergnat, et m'a ajouté, *il ne m'a point écrit*, avec un accent qui tenait de l'interrogation, de l'étonnement et du reproche à moi qui l'avais flattée de recevoir une lettre.

J'ai bien reconnu à votre description, moitié

legère, et moitié ennuyée, la vie des soi-disant châteaux voisins de Paris, d'où l'on ne va à la campagne que par air, et où ils est physiquement impossible de contracter, ou de ne pas perdre le véritable goût de la campagne. Je ne suis pas autrement mécontent du prompt retour de l'Abbé de P.... qui me prouve qu'il est tout-à-fait guéri, et qui, s'il n'abrège pas, du moins n'allongera pas votre voyage. Mais je suis inquiet que vous n'ayez pas assez des huit jours déjà emportés en partie au galop dans des calèches pour finir votre entreprise, qui, si vous la traînez à Rouen, ne m'arrivera pas de quinzaine; et j'en serais très-dérangé.

Ce n'est pas que j'aie un accord avec quelque libraire; mais j'en aurai un incessamment, ou j'enverrai en Hollande; et réellement j'ai peur que nous ne parlions bientôt plus que d'un être de raison, au moins moi; car le sujet que vous traitez est aussi vieux et ne vivra pas moins que l'espèce humaine. D. P. a fait une gaucherie, quant à mes spéculations typographiques : il a écrit mercredi à Beaumarchais à mon insçu pour lui faire la proposition que j'avais faite à Guillot : hier il n'avait pas encore sa réponse. Vous sentez combien une pareille démarche m'a donné d'humeur. A peine l'aurais-je pardonnée au succès. Peut-être D. P. qui, outre ses 25,000 de rente, a un grand crédit, aurait-il eu plutôt fait de me trouver le peu de louis dont j'avais un besoin si urgent et de me laisser suivre les chances typographiques. Mais il n'est plus de véritable amitié au sein de la turbulence des affaires et de la vie dissipée des villes ; car je ne veux m'expliquer qu'ainsi l'incurie de D. P, toute autre idée m'appauvrirait trop. L'expérience de chaque jour m'apprend envain que le plus lâche des proverbes et celui qui deshonore le plus nos mœurs françaises (ami jusqu'à la bourse) est un des plus vrais ; je croirai toujours aux exceptions, et je m'abstiendrai de toute épreuve envers ceux qui me sont très-chers, de peur de guérir de mon opinion.

Ecrivez à Aspasie, si vous ne l'avez déjà fait ; je n'aurais pas voulu, pour plusieurs raisons, qu'elle crût qu'il m'a fallu, non pas vous en faire convenir, son amour-propre ne lui permettra pas cette erreur, mais vous y encourager.

Ecrivez aussi au pauvre ménage indépendament de toute communauté de travail littéraire ; et seulement pour tempérer l'amertume de sa situation par le charme de votre amitié, qui remarquera, s'il lui plaît, que c'est de Paris que sortent les longues lettres, et de Rosny qu'arrivent les billets. *Vale et me ama.* M.......

— Rue de la Roquette ; maison de M. d'Héricourt, près celle du Jardinier de la Reine.

P. S. Vestris est en prison pour six mois, dont trois au secret. La Reine et le Comte de Haga l'ont fait prier et supplier vainement de se transporter des coulisses sur la scène, ne fut-ce que pour s'y montrer : Il a inhumainement refusé ; et c'est pour s'en dédommager sans doute que le Comte a été voir le lendemain M. Franklin.

LETTRE VIII.

Samedi.

J'ai reçu votre terrible paquet, mon ami, et au milieu de tout le plaisir qu'il m'a fait, j'ai ressenti deux peines, l'une de voir que certain attachement vous tenait plus profondément au cœur que je ne l'avais encore cru, l'autre que vous travailliez trop et que vos yeux et votre poitrine devaient en souffrir. Quant au premier point, ce n'est pas que je m'en étonne, ni que j'aie de tristes pressentimens. Je ne m'en étonne point; tout homme fier et sensible s'opiniâtre sur-tout quand sa raison lui dit que réussir c'est travailler plus encore pour ce qu'il aime que pour lui; et cela seul peut-être le rend capable de supporter la ridicule concurrence d'un compétiteur indigne. Je n'ai point de sinistres présages; car aussi long-tems qu'il ne me sera pas démontré qu'Aspasie n'est pas dépourvue de toute noblesse, de toute délicatesse, de toute raison (et je lui crois une assez forte dose de tout cela) je ne pourrai pas croire à la victoire de Thersite sur Achille. Vous savez l'épreuve que je crois décisive et mortelle pour le pauvre saint (je ne le nomme pas autrement à elle-même.) Vous avez bien marqué la nuance dans votre joli conte; mais vous n'en avez pas tiré assez de parti : en ce genre, comme en beaucoup d'autres, prophétiser, c'est amener l'évènement. Avec tout cela, mon ami, je vous aime trop pour ne pas craindre de voir la moindre parcelle de votre bonheur abandonnée au hazard et à l'inconstance de ce sexe. Vous avez trop de raison pour être très-romanesque; vous avez l'imagination trop ardente et le cœur trop essentiellement bon, pour ne l'être pas un peu. Aussi doutai-je que votre philosophie vous ait aussi bien servi pour les femmes que sur tout autre sujet. Quant à mes observations personnelles, je réunis le témoignage unanime de toute l'antiquité, qui, je crois, a poussé infiniment plus loin que nous la science de l'observation et la connaissance du cœur humain : je me sens bien fort : or, vous savez ce qu'ils pensaient des femmes, de ce sexe qui pourtant a eu de leur tems des prodiges, parce que la propriété d'un miroir est de tout rendre en surface. Je ne vous parlerai pas des invectives que très-sérieusement et dans toute la pompe tragique, dans la morale des chœurs et non dans la coupe du dialogue dramatique, Euripide, qu'on a si plaisamment appelé le Racine de la Grèce, leur lançait en plein théâtre, (ce qui vous prouve tout au moins qu'il ne heurtait pas l'opinion universelle du tems) car vous savez comment ce même poëte fut reçu lorsque, avec tous les palliatifs de son art, il osa faire dire à Hypolite : *Ma langue a fait serment; mon cœur ne l'a point fait.* Mais je vous prierai de lire ce que tous les moralistes de l'antiquité en ont dit, lorsqu'ils ont daigné en parler, ce qui est assez rare; et ce qui est bien plus fort, de vous rappeler ce que les institutions des législateurs prouvent qu'ils en ont pensé : je vous prierai de vous rappeler ces propres mots d'un Censeur romain (Metellus Numidicus) qui commence ainsi une harangue solemnelle en plein sénat : *Si sine uxore possemus, quirites, esse omnes, eâ molestiâ careremus; sed quoniam ità natura tradidit, ut nec cùm illis satis commodè, nec sine illis ullo modo vivi possit, saluti perpetuæ potiùs quam voluptati consulendum.....* (1) O mon ami ! ces gens-là étaient plus profonds que nous; et cependant ils ne croyaient

---

(1) Si nous pouvions tous exister sans femmes, nous serions délivrés de ce sujet de chagrin ; mais puisque la nature nous a faits tels que nous ne pouvons ni vivre content avec elles, ni nous passer d'elles de quelque façon que ce soit, il vaut mieux pourvoir à ce qui nous est perpétuellement nécessaire qu'à nos plaisirs.

pas du tout, comme nous feignons de le croire, que l'éducation des femmes bien dirigée pût influer sur le bonheur social, ni qu'elle pût assurer la stabilité des législations, comme nous l'avons tant dit. Ils regardaient ces êtres-là comme des machines à enfans et à plaisir; et ce n'est assurément pas qu'ils n'eussent du feu dans l'imagination et de la grace dans l'esprit. Qu'est-ce donc, si ce n'est la conviction ferme et absolue que ces êtres sans caractère échappaient à tout ordre, à toute combinaison?

Ce pourrait bien être de la nourriture trop forte pour vous en cet instant, mon ami, que cette philosophie sévère, ou plutôt, vous rirez de ce que le plus faible des hommes avec les femmes, celui qui les a tant idolâtrées, et dont le moral, moins que le physique, s'il est possible, ne peut pas se passer d'une compagne, ose vous écrire avec cette austérité. Mais ce n'est pas sur votre sentiment que j'écris : vous savez bien que je l'ai défendu contre vous, et que je n'aime pas que vous l'appeliez une faiblesse: c'est une thèse philosophique que je me crois en état de soutenir dans toute la persuasion de mon esprit et la sincérité de mon cœur, et que j'abandonne à vos méditations.

Votre historiette est charmante, et je m'en servirai au moment convenu entre nous; sans vouloir décider pourtant si cette ruse épisodique n'est pas plus ingénieuse et subtile que décidément utile et probablement efficace; il y a du pour et du contre: ce que je vous promets, c'est de rendre très-vraisemblable la confabulation: il sera nécessaire pourtant, et pour agir avec quelque circonspection, que je voie la lettre de dix pages; car à un être aussi fin, il ne faudrait que la plus légère discordance pour dévoiler notre complicité; et une collusion si honnête, que le succès rendra si précieuse à celle de qui j'ai entrepris de lever les cataractes, connue avant le dénouement, me perdrait dans son esprit, et la piéterait contre nos efforts: au reste, j'ai cru comme vous que c'était un progrès très-marqué que la tolérance avec laquelle votre lettre avait été lue.

Je sens toute la vérité de votre observation sur D. P., mon très-cher ami; mais j'ai l'ame haute et susceptible; et comme le mot *difficile* est à peine connu dans la langue de mon amitié, je n'aime pas qu'on cède à autre chose qu'à l'impossibilité: or elle était à mille lieues de lui: d'ailleurs, je vous avoue, à vous tout seul, que j'étais en fort mauvaise disposition à son égard. Madame de N. avait lieu d'en être fort mécontente, et cela, sous mes yeux: elle devait croire, ou qu'il la regardait comme une fille sans conséquence, ce qu'assurément il croit moins qu'un autre, lui qui sait son histoire, ou qu'il ne se ferait pas le plus leger scrupule de séduire la maîtresse de son ami; théorie que je sais être la sienne, et qui, de quelque manière qu'il la défende ou l'excuse, me fait une véritable horreur; et je le lui ai déclaré : nous avons eu une longue explication sur cela, dans laquelle il a fini par me dire qu'il ne savait pas parler, et qu'ainsi je le battrais toujours dans la conversation. Ce mot là même est-il honnête? n'opposer que les sophismes de l'amour-propre, aux plaintes de l'amitié, et à l'éloquence de la morale et du cœur, est-ce le rôle d'un ami, ou même d'un honnête homme? Ce n'est pas, je vous le répète, qu'en toute autre chose, il ne le soit infiniment; mais il n'est pas en moi de croire que qui ne l'est pas en ceci, puisse jamais être un ami sûr. Pour moi, j'avoue que ceci l'a mis à distance; et malheureusement je sens que c'est m'appauvrir plus que lui : au reste, ne craignez rien, pour notre honneur à tous deux; une amitié de plus de 20 ans ne saurait finir; et je serai toujours plus en mesure qu'il ne faudra pour négocier entre vous et D. P., qui d'ailleurs est trop juste et trop adroit pour ne pas s'employer, même avec ferveur, dans tout ce qui pourra vous être utile.

Vous avez très-bien fait de ne demander que 25 louis; et je trouve même que c'est beaucoup d'après le bilan de votre aimable ami : il ne me paraît pas sage que je ne donne point de reçu; car sans rêver *empoisonneurs et assassins*, comme mon larve d'hier, je me sens très-mortel; mais quant au porteur de la somme, je me conformerai aux instructions que vous me donnez, en vous priant de recevoir une note de ma main qui me tranquillise sur les événemens. Veuillez me mander aussi, si je dois le savoir vis-à-vis du prêteur, et si l'hommage de ma reconnaissance lui déplairait. Il me semble qu'il vous connaît trop pour douter que vous ne m'ayez nommé celui dont j'étais l'obligé; car je le suis enfin, quoique tout soit accordé à votre médiation. Dites-moi donc ce que je dois faire et dire; car il n'est pas en moi d'être ingrat; mais je ne voudrais pas déplaire ni dépasser la mesure par reconnaissance.

Bon soir, mon très-cher ami; travaillez, mais ménagez votre santé; marchez, digérez, espérez et aimez-moi.

P. S. Au reste, mon ami, j'ai pensé comme vous, que nous pourrions un jour et à chaque belle saison faire de fort jolis romans ensemble: ainsi je garde l'historiette: je garde vos lettres aussi; gardez les miennes si vous voulez, nous les ferons copier quelque jour ensemble et en alternant. Il se trouve dans les lettres une foule de choses d'autant mieux dites, qu'elles le sont avec liberté, qu'on ne retrouve plus, et qu'on est fâché d'avoir perdues. Eh! puis, comme monument d'amitié, n'est-ce pas une assez douce chose?

LETTRE IX.

J'AI reçu votre lettre du vendredi, mon cher ami, et j'ai béni votre griffonnage même qui m'a valu 4 pages de l'ami le plus cher, le plus profondément estimable et le plus sympatique à moi que j'aie rencontré de ma vie. L'intérêt que vous m'y montrez, et que vous avez sû rendre contagieux pour un des hommes de mérite que vous aimez et que vous prisez le plus, a versé la consolation dans un cœur navré par tant de côtés, qu'il ne peut être que bien souffrant puisqu'il ne se paralyse pas. Véritablement la persuasion intime dont je suis pénétré que je vaux mieux que mes persécuteurs et mes ennemis, et que dans les êtres créés, rien ne vaut mieux que mon ami le plus cher, me rendent du sommeil, du bien-être et même des jouissances.

N'ayez pas peur, mon ami, que ce que vous ferez soit mal fait: il n'est pas en vous de ne pas finir; et d'ailleurs, pour une ame aussi neuve et aussi forte que la vôtre, un tel sujet est d'inspiration, surtout lorsque l'écrivain expose une théorie qui n'est presque qu'à lui et dont la pratique a composé et dirigé sa vie. C'est cependant une chose curieuse et remarquable que la philosophie et la liberté s'élevent du sein de *Paris*, pour avertir le nouveau monde des dangers de la servitude, et lui montrer de loin les fers qui menacent sa postérité (1). Jamais l'éloquence ne défendit une plus belle cause. Peut-être ce sont les peuples corrompus qui seuls peuvent donner des lumières aux peuples naissans; instruits par leurs maux, ils peuvent enseigner du moins à les éviter; et la servitude même peut-être utile en devenant l'école de la liberté.

Le hazard me met à même de vous donner un avis qui changera peut-être votre marche. Duruflé arrive ce soir à Paris avec Danneri, et j'en suis sûr; car c'est chez Vitry qu'il arrive et qu'on a demandé un lit pour lui; je saurai dès aujourd'hui sa marche par Vitry, et s'il compte rester à Paris assez longtems pour que vous ne puissiez pas le retrouver à Rouen. Au reste, vous savez où lui adresser une lettre, si vous voulez vous entendre avec lui.

Je ne puis pas vous dire que je ne trouve pas très-sensé ce que vous m'écrivez sur Aspasie. Ma lettre d'hier, (car voici ma 4e., et il serait bon de numéroter) vous montrera qu'elle m'a paru plus indéfinissable que jamais à ma dernière visite. Je n'y ai pas retourné hier, parce que j'ai senti, avant

(1) Ceci a rapport à l'écrit sur l'ordre de Cincinnatus, l'un de ceux qui contribuèrent le plus à la réputation de Mirabeau, et dont les morceaux les plus brillans sont de Chamfort.

que vous me le dissiez, que pour m'eclaircir si elle s'occupait franchement de ce qui nous occupe; il fallait me rendre plus rare et la voir venir. Mais je commence à craindre qu'il n'y ait de la légereté dans son fait; on n'est pas de cette sécurité sur les dangers de l'homme avec qui l'on vit. J'en ai été choqué; et certes, ce n'est pas partialité pour le gentilhomme Hibernois. Si la légereté est le principal ingrédient de ce caractère, le prix en baisse beaucoup à mes yeux. Il s'agit de savoir si M. *Démocrite*, puisqu'il ne faut absolument plus l'appeler l'*Auvergnat* (sobriquet qui me paraissait plaisant pourtant au moins par anti-phrase (1)) si M. Democrite, dis-je, qui connaît si bien le cœur humain des femmes, ne sera pas aussi sévère que moi à cet égard, attendu qu'il sait encore mieux que le vœu bon ou mauvais de la nature est de placer l'épine auprès de la rose, et qu'à bon titre il compte d'avantage sur son adresse à souffler sur la rose, de manière à l'épanouir, jusqu'à ce qu'elle couvre l'épine. Quant à pousser notre ami du côté de sa force, plutôt que de le conduire vers la pente de sa sensibilité, vous conviendrez qu'il ne faut *pousser* son ami, que quand on est bien sûr qu'il est en péril. Or, comme je ne suis pas du tout décidé sur

(1) On sait que les Auvergnats n'ont pas une grande réputation d'esprit.

le véritable état des choses, comme je persiste à croire qu'Aspasie pourraît beaucoup pour le bonheur de notre ami, parce qu'elle est réellement très-aimable ; et que si elle l'est sous un tel maître, je vous donne à penser ce qu'elle serait, dirigée par le plus aimable des philosophes et celui qui connaît le mieux les femmes, sans compter les hommes, les choses et le pays; comme sur-tout j'ai très bien éprouvé et j'éprouve encore que M. Démocrite peut se croire guéri et ne l'être pas, mais que sa blessure ne peut pas être incurable, ni même difficile à cicatriser, attendu qu'il sait rire et ne sait ni s'aveugler, ni être aveuglé, je me donne avec patience et sécurité quelques jours de plus pour une épreuve sur laquelle je ne veux pas me tromper, puisque mon erreur pourrait nuire au bien-être de mon ami, soit par la privation, soit par l'illusion. Eh! donc, mon très-cher, que l'on écrive, dût on faire cette lettre comme la scène d'un drame dont la situation n'existe que dans l'imagination de l'inventeur : que l'on écrive d'un style très-tempéré, mais très-doux qui tienne dans une très-grande incertitude du sentiment qui aura dicté une lettre, laquelle, sur-tout, doit pouvoir être expliquée et avouée à tout événement. Si M. Démocrite trouve cela difficile, tant pis; mais il peut bien croire que ce n'est pas à lui qu'on s'adresserait pour chose aisée.

Quelque

Quelque chose qui vous paraîtra plaisant, c'est que j'ai écrit, il y a 4 jours, au gentilhomme Hibernois, au sujet de sa progéniture mal baptisée, précisément les mêmes choses, et presque dans les mêmes termes que vous me les écrivez; et cela a très-bien réussi, non pas seulement chez Aspasie qui en a ri comme une folle, mais à la grille de Chaillot, tant on a l'esprit aigu et bien fait......

Somme toute, mon ami, attendez, si vous y mettez encore quelque prix. Je vous promets que vous ne laisserez pas long-tems notre ami dans l'incertitude: et puis, il n'est pas de ces raisonneurs profonds qui se trouvant en même tems casuistes scrupuleux, se décident avec une lenteur qui fait que leur résolution ne produit aucun effet. Il creuse fort avant; mais il est très-leste à la détermination; ainsi, ne vous en déplaise, il n'y a point de péril dans la demeure. Adieu, mon ami, je dînerai demain chez Aspasie. La mienne vous fait des coquetteries charmantes, quoiqu'elle ne soit pas coquette, et forme des vœux (j'ai presque dit soupire) pour votre retour. M.......

LETTRE X.

Paris, ce Jeudi.

J'AI lu, avec un grand intérêt, et je garderai précieusement, mon bon et cher ami, la lettre que j'ai reçue de vous hier. Un résumé si énergique de la conduite sans exemple à laquelle vous a poussé la nature, et des principes que vous vous êtes faits à l'appui de cet heureux et noble instinct, est pour une tête et pour une ame élevée, le germe de la plus importante théorie de liberté et même d'indépendance à laquelle l'homme puisse atteindre; et pour les hommes forts la pratique en ce genre doit suivre de bien près la théorie. Je ne connais rien de plus imposant que le caractère que vous avez esquissé en peu de mots, et rien de plus respectable qu'une vie dont on peut se rendre un tel compte; mais j'y vois aussi la consolation des honnêtes-gens et la condamnation des hommes faibles. Vous êtes la preuve vivante qu'il n'est pas vrai qu'il faille plier ou briser; qu'on peut atteindre à la plus haute considération sans un respect superstitieux pour le monde et ses lois; qu'on peut arriver à l'indépendance philosophique et pratique sans avoir jamais abaissé ou comprimé la fierté d'un grand sentiment ou d'une pensée heureuse; qu'on peut prendre sa place en dépit des hommes et des choses, sans autres ménagemens que ceux dus par l'espèce humaine à l'espèce humaine, par la tolérance de la vertu aux préjugés des faibles, et que si le sentier qu'il faut prendre pour arriver au but est le plus escarpé, il est aussi de beaucoup le plus court. Graces vous soient rendues, mon ami, pour avoir pensé que j'étais digne de vous entendre.

Il est certain que la rapidité des progrès de notre amitié qui n'a jamais été même stationnaire, n'a pas dû vous donner mauvaise idée de mon ame, et qu'elle m'a mis bien avec moi-même. Ce n'est pas sans doute que je me sois élevé à une philosophie pratique aussi haute. J'ai quitté trop tard mes langes et mon berceau. Les conventions humaines m'ont trop long-tems garotté ; et lorsque les liens ont été un peu desserrés (car pour brisés, ils ne le furent jamais), je me suis trouvé encore tellement chamarré des livrées de l'opinion, que les êtres environnans se sont également opposés à ce que je fusse l'homme de la nature, au moment où j'aurais conçu qu'on peut rester tel au milieu même de la société. D'ailleurs, j'avais été trop passionné ; j'avais donné trop de gages à la fortune ; et ce n'est pas au milieu des orages qu'on peut suivre une route déterminée. Mais si j'eusse eu le bonheur de vous connaître il y a dix ans, combien ma marche eût été plus ferme ! Combien de précipices et de ravines j'aurais évités ! Combien le peu que je valais se fût développé ! et que de défauts acquis j'aurais contractés de moins !.... Tel que je suis, mon ami, je ne suis point indigne de quelque estime, puisque je sais, non pas vous aimer, car c'est chose trop facile pour être méritoire, mais vous apprécier, et qu'à votre avis, je suis un des hommes qui vous ait le mieux deviné. J'ai beaucoup gagné dans votre commerce ; j'y gagnerai d'avantage : il est peu de jours, et sur-tout il n'est point de circonstance un peu sérieuse où je ne me surprenne à dire : *Chamfort froncerait le sourcil. Ne faisons pas, n'écrivons pas cela ;* ou *Chamfort sera content ;* et alors la jouissance est double et centuple. Ce n'est pas à vous qu'il faut dire combien est douce, consolante, encourageante, une amitié qui devenue pensée habituelle à ce point, fait voir dans la censure une loi irréfragable, et dans l'approbation un trésor sans prix. Tel vous êtes pour moi : je ne vous offrirai jamais un échange digne de vous (si vous ne vouliez commercer qu'avec vos semblables vous seriez bien solitaire) ; mais tout ce que l'abandon d'une confiance profonde, d'un dévouement complet, d'une ame ardente, sensible et qui n'est pas sans noblesse, peut avoir d'attachant pour un homme qui sait bien le prix des talens et des pensées, mais qui sait leur préférer un sentiment, la seule chose incalculable à la raison même lorsqu'elle est échauffée d'un bon cœur, vous le trouverez en moi ; et si j'ai eu le malheur de vous connaître si tard, ce sera du moins pour toujours que nous nous serons aimés.

J'espère, mon ami, que vous vous serez consolé de ce que votre lettre a été remise ; car je n'en ai point été fâché, quand elle me l'a lue ; et peut-être si je l'eusse ouverte d'avance, comme vous m'en avez donné la permission ensuite, ne l'aurais-je pas remise. L'aberration des comètes n'est pas plus difficile à calculer, que les mouvemens du cœur, de l'esprit, et sur-tout de l'amour-propre des femmes. Vous remarquerez que je n'ai peut-être fait là qu'un pléonasme, au lieu d'un *crescendo*; car plus je les vois, et plus je me persuade que l'amour-propre est à-peu-près l'unique clef de ce qu'on appelle leur caractère : or le caractère ne se compose que des habitudes de l'ame et de l'esprit, mélangés, il est vrai, à des doses inégales; et j'ai beaucoup de peine à croire que le sexe duquel les hommes tels que vous et M. Thomas, dites : *il est impossible de le connaître*, ne doive pas toute son impénétrabilité au défaut presque absolu de caractère. N'allez pas me citer des exceptions; car les exceptions, qu'encore faudrait-il débattre, prouvent la règle, bien loin de la détruire. Je dis qu'encore faudrait-il débattre les exceptions, et en effet, dans notre sexe, on n'a généralement pas une certaine force de tête, sans quelque force de caractère. Dans celui-là, voyez comme l'analogie est fautive ! Je lisais hier dans votre recueil philosophique, un morceau *sur le bonheur*, de Mad[e]. Duchatelet, que je ne connaissais pas et qui vaut d'être connu. Il y a, dans ce morceau, des choses charmantes sur l'amour, et notamment deux pages sur l'immutabilité de son ame en amour, qui séduiraient à coup-sûr quiconque ne connaîtrait pas son histoire. Vous la savez mieux que moi ; vous savez qu'elle n'était pas même tendre et qu'elle fut très-galante. Qu'était-ce donc que cette femme qui avait infiniment plus de force de tête, et même de véritable esprit, que tout le reste de son sexe ensemble, et qui traçant une théorie si délicate et si fine, une théorie où l'ame seule semble avoir dessiné cette phrase délicieuse : « Il faut employer toutes » les facultés de son ame à jouir de ce bonheur : » il faut quitter la vie quand on le perd, et être » bien sûr que les années de Nestor ne sont rien » au prix d'un quart-d'heure d'une telle jouissance. » Il est juste qu'un tel bonheur soit rare, s'il était » commun, il vaudrait mieux être homme qu'être » Dieu, du moins tel que nous pouvons nous le » représenter. ».... Qu'était-ce que la femme qui, trouvant et exprimant cela, n'était qu'une femme galante, et se donnait pour un de ces êtres qui aiment tant qu'ils aiment pour deux, que la chaleur de leur cœur supplée à ce qui manque réellement à leur bonheur, ou plutôt pour le seul cœur qui eût cette immutabilité qui anéantit le pouvoir des temps ? Expliquez-moi cela, mon ami ; et souvenez-vous que cette même femme avait mis à la place du portrait de l'homme le plus extraordinaire de son siècle, qui semblait avoir subjugué son ame, *et dans une boîte que cet homme lui avait donnée*, le portrait d'un fat ; chose aussi impossible à une ame aimante, même détrompée ou changée, qu'à nous la trahison et le parjure.

N'allez pas croire, mon bon ami, que cet accès de sévérité me vienne d'un mécontentement, résultat de la dernière conversation avec Aspasie; car au fond, je n'ai été mécontent (à deux disparates près), que de mon incertitude. Je vous ai mandé la pure vérité, et si je ne l'ai pas fondue dans des détails, c'est qu'une conversation serait un volume d'écriture; chose qui, pour le dire en passant, m'a donné une assez haute idée de la stérilité des romanciers en général; mais vous aurez bien rempli les lacunes; peut-être même aurez-vous débordé; et certainement, si vous avez vu en noir; car, au fond, ce n'est que par excès de prudence que je n'ai pas vu en rose. Mes réflexions sur les femmes sont donc une abstraction purement philosophique (et si bien une abstraction que c'est la première chose que j'oublie dans mon commerce avec elles) en un mot, un *à parte* de raison dont personne ne m'a donné l'exemple à un aussi haut point que vous.

Au reste mon ménage est fort triste aujourd'hui. Le petit chien qu'on avait eu la faiblesse d'acheter, sans penser que tous les marchands de chiens arrachent ces pauvres petites et frêles machines à leur mère dès le premier moment, et tarissent les sources de la vie pour rappetisser les formes (emblême très-frappant des manipulations politiques), ce petit chien est mort; et l'on a pleuré; et l'on est honteuse d'avoir pleuré; et triste d'avoir employé de l'argent à une acquisition aussi fragile. Pour moi, je suis tolérant même pour cette faiblesse, parce que cette petite bête avait voué un très-grand attachement à mon amie, et que tout ce qui est attaché attache; raison assez forte, ce me semble pour un homme sage de ne point s'habituer aux animaux. Nous n'avons pas trop de sensibilité pour nos semblables; et l'on frémit quand on pense que le plus honnête homme du monde, peut-être poussé à s'égorger avec un autre homme pour un chien.

Bonjour, mon bon ami, je vous aime avec une extrême tendresse. Je travaille, et cela ne vient pas mal; je vous en souhaite autant; mais c'est une chose très-pénible que de changer l'ordonnance de son ouvrage sans le refaire; et je serais bien fâché que cette contrariété-là vous arrivât; car vous enverriez promener votre besogne. *Vale et me ama.*

M......

P. S. Je fermais ma lettre, lorsque j'ai reçu un billet du secrétaire de l'Abbé Royer, qui me prévient qu'il vient de remettre à son patron l'extrait de mes deux requêtes en cassation etc., et que je pourrai voir mon rapporteur dimanche prochain à midi. Vous jugez-bien que je desirais voir le secrétaire avant que l'extrait fût livré; mais que pour le voir efficacement, il fallait quelques Louis. Sachez, mon ami, si cela est encore utile et par conséquent nécessaire, le *comment* il faut s'y prendre et le *combien*; et avertissez ceux qui veulent bien prendre intérêt à moi qu'il est tems de porter les grands coups. Réponse très-promte à ce *post-scriptum.*

LETTRE XI.

Lundi.

Me voilà bien convaincu, mon ami, que j'ai perdu une de vos lettres, car vous ne m'eussiez pas écrit la veille; assurément, vous m'en eussiez averti hier, et je ne vois rien qui puisse me faire présumer que vous ayez changé l'ordre accoutumé; *ains au contraire.* En conséquence, j'ai recommencé mes réclamations, et puisque vous arrivez demain, vous demanderez vous-même à la poste ce qu'est devenue votre lettre, ou vous me donnerez l'espèce de billet sur lequel ils ne badineront pas.

Votre lettre est bien, mais seulement parce que l'on ne peut pas trouver mal ce que vous écrivez; et tout au plus à ce degré qui me fesait dire de la chanson du V. de N.: *elle est ce qu'il faut pour ne dire pas : elle est mauvaise.* Ceci est vrai de la chanson, parceque l'homme a passé à côté d'une jolie idée, ce qui, en idiôme de talent, s'appelle *rater*. Or le vrai talent ne rate pas ; il peut n'être pas prêt, mais il ne rate pas. Votre lettre à vous n'est que bien, parce qu'elle n'est que douce et tendre, et que vous montrez toujours le vaincu, le subjugué, ce qui peut avoir deux inconvéniens ; le premier de beaucoup reculer, ou tout au moins suspendre vos progrès ; le second d'induire en erreur la pauvre créature, au point qu'elle fera quelque lourde sottise, dont elle ne s'appercevra que lorsque votre patience lassée, et son amour-propre humilié, ne lui permettront guère plus qu'à vous de rétrograder. Je vous avais donné un bien meilleur conseil : alternez, vous avais-je dit : une lettre douce et tendre, quoique assaisonnée, tel jour ; une lettre fine, vive, sémillante et narquoise le jour d'après. Qu'elle ne soit jamais sûre de son fait. C'est l'a. b. c. en amour. C'était donc le tour de la lettre de dix pages ; et quoique ce soit un mal très-réparable, c'en serait peut-être un assez grand, si vous persévériez ; et c'en est même un à ce cran, parce qu'en revenant demain, vous n'aurez point de réponse à cette dernière, de sorte que je ne vois pas bien la transition.

Au reste, je ne vous entretiendrai pas plus long-tems aujourd'hui de cette *syrène*, comme vous l'appelez, car nous ferons demain, à cet égard une main à fond ; et mon procès, ou plutôt mes procès et mes courses ne me laissent pas respirer. C'est de mercredi en huit que je serai rapporté; ainsi je n'ai pas grand tems à perdre et pour comble de contrariété, l'incident que m'a suscité mon père au parlement, et qui, en termes de palais, est évidemment un *coup monté*, me fait perdre un tems incroyable, attendu que les gens qu'il me force à voir sont dispersés aux quatre coins de Paris. Mais le plus pressé, c'est l'admission de ma requête. Une seule voix, je vous le répète, mon cher : que votre aimable et précieux ami s'ingénie avec sa circonspection et son adresse ordinaires; il aura aisément deviné que M. Bignon, qui est mort, ne siègera pas; et mieux ou plutôt que moi, il saura qui a remplacé M. Daguesseau.

Vous êtes bien aimable de m'avoir sacrifié Navarre; mais vous le seriez d'avantage de pousser votre besogne : 1°. parce que vous êtes digne de mettre la gloire à regner chez vous; 2°. parce que la besogne presse, et tellement qu'il m'a fallu entrer en explication avec F.... (1) pour expliquer le retard. Ne vous fiez pas sur le tems qu'il me faut à moi; car si j'avais le manuscrit que M. Thomas a gardé, pour y faire ses notes, tout serait refondu, attendu que les morceaux de rapport, et même les soudures, sont prêts. Sans doute, c'est un ouvrage nouveau; mais ce n'est pas une raison pour qu'il s'éternise,

(1) Franklin. C'est toujours de l'écrit sur l'Ordre de Cincinnatus qu'il s'agit.

sur-tout depuis qu'on en parle ; car l'attente à remplir est toujours une pénible destinée : au resre je vous avertis que je me sauve sur la lettre : voyez si pour la première fois vous voulez avoir induit à erreur un ami. Eh ! mon cher paresseux, tranquillisez-vous ; je connais mieux votre talent que vous-même, sans quoi je n'aurais pas tant de sécurité. Mais un point sur lequel je n'en saurais avoir, c'est votre santé, et je vous interdis *de par l'amour* toute espèce de travail, si cette agitation que vous appelez la fièvre, et qui n'est qu'un mouvement nerval, sans quoi je vous en aurais parlé plutôt, revenait seulement encore une fois.

Je serai demain mardi à 5 heures du soir à l'hôtel de Vaudreuil ; nous causerons ; nous nous promenerons, si vos jambes ont besoin de recouvrer du mouvement ; ou nous resterons ; nous prendrons des glaces aux Tuileries, ou vous en viendrez prendre ici. En un mot, nous ferons ce que vous voudrez. Suffit que je serai *al suo commando.*

Vous avez d'autant plus de raisons de ne pas hasarder de lettres, que le brutal a fait un tapage épouvantable sur un propos de Mad^e^. de Flao qui a prétendu qu'on disait dans le monde, que La H.... était le tenant chez Aspasie depuis la maladie Hibernoise. Vous noterez qu'Aspasie a vu La H.... une fois depuis deux mois. N'importe, le moribond Celtique a écrit que *ce n'était pas assez que cela ne fût pas, qu'il fallait encore qu'on ne le dît pas.* J'ai lu cette belle phrase, et Aspasie a un peu murmuré. Mais jugez quelle étincelle serait une lettre vôtre dans ce magasin à bile. Je finis, car je n'ai pas un moment à moi, et j'en suis malheureux, je vous assure. Bon jour, mon ami.

LETTRE XII.

Mardi.

Mon bon ami, dans la nécessité de parler à M. l'Abbé de Périgord, je prends le parti de l'attendre chez lui; car ma lettre deviendrait la mort de Turenne. Je ne sais où ceci me menera, ni par conséquent, si je pourrai vous voir ce matin : or, cet après-midi, je suis obligé de courir. M. Lefevre d'Ammécourt ayant jugé à propos de me faire gagner hier mon procès contre l'*Ami des Hommes*. C'est un triste sujet de félicitation que celui du gain d'un procès contre son père; mais quand on a le malheur de plaider contre lui, encore faut-il gagner ce qu'on s'est cru le droit de disputer. Au reste, je me console à d'autant plus juste titre de cette extrémité, que c'était mon père qui était l'aggresseur et qu'il n'a jamais voulu arbitrer. Adieu, mon cher ami, à ce soir, ou à demain matin.

LETTRE XIII.

Londres, 30 Août 1784.

Mon dieu, mon ami, mon cher ami! que je suis inquiet! qu'il est cruel pour moi de vous avoir quitté dans ce moment, de n'être pas votre garde-malade, de ne pas savoir, aussitôt que ma pensée, comment votre pouls bat, et si vous souffrez, ou si vous êtes soulagé! Mon Henriette a rapporté tant de peines dans mon sein, en me racontant toute celle que votre état lui avait faite, et tant d'attendrissement en me parlant de vos touchans adieux! Vous êtes-là sous mes yeux, brûlant, agité, tourmenté, sans que je puisse détourner un moment ma pensée de votre lit et de votre fièvre. Ce n'est pas que votre état soit alarmant, je le sais; et s'il l'eût été, tous les chevalets de la Bastille exposés à ma vue ne m'auraient pas fait partir. Mais, vous souffrez! eh mon dieu! n'est-ce donc rien de souffrir? C'est presque tout dans un passage si court et si incertain. Mon ami! vous ne pouvez pas écrire; je ne veux pas que vous écriviez, à moins que ce ne soit deux lignes qui me rassurent par la vue de vos caractères: mais suppliez M. R.... de remplir en votre nom cet office et ce devoir d'ami; il ne me refusera point cette consolation ; il me rendra la justice de croire que je paierais et de grand cœur le même tribut à son amitié pour vous ; mais il a le bonheur de vous garder, lui ! et ne m'en doit-il pas plus de compassion et de complaisance, à moi qui vous ai quitté dans un moment si critique pour tous deux, à moi qui peut-être, hélas ! ne vous embrasserai pas de long-tems, et qui m'étais fait une si douce habitude de ne penser, de n'observer, de ne sentir qu'avec vous, de n'agir que sous vos yeux, de n'avoir qu'une ame avec mon meilleur et presque mon unique ami ! O mon cher et digne Chamfort ! combien les bonnes gens sont des êtres d'habitude ! et combien vous avez peu de besoin de cet attrait d'habitude, pour être nécessaire à ceux dont vous avez daigné vous laisser connaître ! Je sens qu'en vous perdant, je perds une partie de mes forces. On m'a ravi mes flèches. O mon ami ! recouvrez votre santé, et que votre amitié, vos consolations, vos conseils, vos lettres versent du baume dans mon cœur, m'apprennent à supporter une situation si nouvelle, quoique déjà éprouvée, à l'honorer, à l'embellir, et me rendent enfin capable d'être digne de tous les sentimens que vous m'avez montrés !

C'est de cette ville souveraine, qui bâtie de briques et sans élégance ni noblesse dans ses édifices, montre la Tamise et son pont superbe, et semble dire : *qu'oseriez-vous me comparer ? Que l'Océan*, *que les mondes apportent ici leurs tributs*; c'est de cette ville que je vous écris à la hâte, les yeux distraits par une foule d'objets nouveaux, l'esprit occupé de mille soins pénibles au présent et dans l'avenir, mais le cœur et l'imagination plein de vous?

Notre voyage ferait un roman. Vous savez une partie des inconvéniens qui ont précédé notre départ; vous aurez éprouvé sans doute à Paris le tems dont nous avons été accueillis dans la route; et vous ne vous ferez jamais d'idée de notre passage qu'après avoir essuyé une tempête. Nous avons été deux fois au moment de périr; une fois par la seule force du vent et de la mer qui écrasait notre frêle paquebot, et une fois à l'entrée de l'Adder, c'est-à-dire, presque au port: en revirant de bord, un faux coup de timon et un cable caché sous une vague terrible nous a mis au moment de chavirer; on avait, sur le pont, de l'eau au dessus du genouil. Le capitaine, l'un des plus intrépides marins de ce genre, s'est cru perdu, et ne voulait pas, disait-il, survivre à son vaisseau. Heureusement ma pauvre amie était dans cet horrible état appelé *mal de mer*, dont l'effet moral est de rendre insouciant de tout et sur tout; si ce n'est sur l'espoir que la mer engloutira le supplice et le supplicié. J'ai vomi le sang, moi qui n'ai jamais été malade sur mer, et mes nerfs ne sont pas encore remis.

Aussitôt débarqués, nous avons pris la poste dans la compagnie d'un Irlandais que je croirais honnête homme, si je n'avais toujours pensé que c'est-là que s'arrête la toute-puissance divine; d'une Française qu'il a pris la liberté d'enlever à sa famille, du droit qu'a tout Irlandais de s'approprier une riche héritière, et d'un Ministre Anglais, homme doux, modéré et fort instruit: nous avons pris la poste, dis-je, et ce n'est pas par magnificence; mais tous les élégans de l'Angleterre et la partie brillante de la Cour étant à Brightemlstone, parce que le Prince de Galles y prend les eaux, il n'y a pas une seule diligence où l'on puisse trouver place: au reste, les postes qui sont excellentes, et fournissent par obligation des voitures comparables à nos voitures de maître, sont à peine aussi chères qu'en France, quoique plus longues, et trois fois plus rapidement franchies. Il suit cependant de cette manière de voyager, que malgré les talens économiques et l'industrie Hibernoise de notre compagnon que j'ai créé maréchal-général des logis de la caravane, notre voyage nous a coûté trois fois ce qu'il devait nous coûter, et d'autant que le paquebot ne partant qu'à trois jours de distance de celui de notre arrivée, et les difficultés pour le passeport devenant inquiétantes, j'ai frêté un navire. Si je ne craignais pas de divulguer des secrets qui peuvent dans la foule servir à quelques honnêtes-gens, comme ils nous ont servi, je vous démontrerais combien ces sublimes formalités de notre inquisition appelée *Amirauté* sont inutiles à toute autre chose qu'à faire gagner de l'argent aux huissiers visiteurs : digne résultat de toute législation réglementaire !

Nous avons dîné à Brightemlstone avec la meilleure viande de boucherie que j'aie mangée de ma vie ; et comme le seul acte de toucher un plancher Anglais brûle la bourse sur-tout dans le voisinage de la Cour, (car l'or est la mandragore de toutes les Cours) nous avons été coucher à Lewis. N'êtes-vous pas scandalisé qu'un bourg Anglais porte le nom d'un de nos rois ? Depuis, et dès Lewis, nous avons parcouru le plus beau pays de l'Europe, par la variété des sites et de la verdure, la beauté et l'opulence de la campagne, la propreté et l'élégance rurale de chaque propriété. C'est un attrait pour les yeux ; c'est un charme pour l'ame qu'il est impossible d'exagérer. Les approches de Londres sont entre autres d'une beauté champêtre dont la Hollande même ne m'a point fourni de modèles ; (j'y comparerais plutôt quelques vallées de la Suisse) car, et cette observation très-remarquable saisit à l'instant des yeux exercés, ce peuple dominateur est avant tout et surtout agricole au sein de son île ; et voilà ce qui l'a sauvé si long-tems de ses propres délires. Je sentais mon ame fortement et profondément saisie en parcourant ces contrées plantureuses et prospères ;

et je me disais : pourquoi donc cette émotion si nouvelle ? Ces châteaux comparés aux nôtres sont des guinguettes. Plusieurs cantons de la France, même de ses provinces les plus médiocres, et toute la Normandie que je viens de traverser, sont assurément plus beaux, de par la Nature, que ces campagnes. On trouve çà et là, mais partout dans notre pays de beaux édifices, des ouvrages fastueux, de grands travaux publics, de grandes traces des plus prodigieux efforts de l'homme ; et cependant ceci m'enchante bien plus que le reste ne m'étonne. C'est que ceci est la Nature améliorée et non forcée ; c'est que ces routes étroites, mais excellentes, ne me rappellent les corvoyeurs que pour gémir sur les pays où ils sont connus ; c'est que cette admirable culture m'annonce le respect de la propriété ; c'est que ce soin, cette propreté universelle est un symptôme parlant de bien-être ; c'est que toute cette richesse rurale est dans la nature, près de la nature, selon la nature, et ne décèle pas l'excessive inégalité des fortunes, source de tant de maux, comme les édifices somptueux entourés de chaumières ; c'est que tout me dit qu'ici le peuple est quelque chose ; qu'ici chaque homme a le développement et le libre exercice de ses facultés, et qu'ainsi je suis dans un autre ordre de choses.

Et prenez garde, mon ami, que c'est si bien là la vraie cause de l'effet sur lequel je raisonnais, qu'arrivé dans Londres, et cette superbe Tamise (qu'il ne faut comparer à rien, parce que rien ne lui est comparable) une fois franchie, rien ne m'a plus étonné ni même fait plaisir, si ce n'est les trottoirs qui faisaient tomber à genoux le bon la Condamine et s'écrier: *Béni soit Dieu! Voici un pays où l'on s'occupe des gens de pied.* Tout le reste m'a paru ordinaire et presque mesquin. Je dirais volontiers comme cet apathique Italien: Ce sont des rues à droite, des rues à gauche et un chemin au milieu. Toutes les villes sont de même, si cependant vous accordez à celle-ci l'avantage de cette admirable propreté qui s'étend à tout, qui embellit tout, qui a un attrait presque égal pour l'esprit et pour l'œil, et des dimensions dont aucune ville ancienne ne saurait jouir: du reste, effrayante obstruction du corps politique; cloaque infâme au moral, si ce n'est comme ailleurs au physique et au moral; hommes entassés et infectés de leur haleine; lutte éternelle des corrupteurs et des corrompus, des prodigues et des misérables, de la canaille titrée et de la canaille populace. C'est mieux ou plus mal que Paris ou que Babylone, comme vous voudrez; j'y prends peu d'intérêt. Notez pourtant que j'ai peu vu encore, et que Londres m'offrira certainement plus que toute autre grande ville de commerce un foyer d'activité et d'émulation qui ne peut pas ne point intéresser. Mais je vous rends compte de la première impression qui a toujours un grands fonds de vérité.

Nous avons eu en voyage la rencontre des *Gentlemen*. Combien le peuple a de sens! Le sobriquet des voleurs est ici le mot *gentilhomme!* Ils ont observé et tâté deux ou trois fois notre petite troupe. J'étais décidé à ne leur accorder rien, parce que je suis loin d'avoir trop d'argent; j'avais mis les dames en avant, seules dans une chaise, trois hommes dans celle qui suivait, et un à cheval. Notre ordre de bataille était si bon, et notre contenance armée si simplement fière et ostensible, qu'ils nous ont laissé passer.

J'empiéterais sur les droits de mon Henriette qui veut vous écrire, quand elle pourra vous remercier de votre convalescence, si je vous parlais des Anglaises, dont l'air froid et ricaneur et les tailles emboîtées et guindées n'ont pas paru lui plaire infiniment au premier coup d'œil: pour moi j'en appelle, et je ne renoncerai pas si aisément à ma longue passion pour les Anglaises, d'autant qu'en voyant passer Henriette, on s'arrête et l'on dit: *oh! la belle Anglaise!* aussi est-elle fort contente des hommes. Pour moi je prétends et l'on assure que j'ai déjà l'air aussi Breton que Jacques Rosbiff.

Au reste, nos dames n'ont pas toujours été aussi bien traitées; elles ont essuyé aujourd'hui un orage très-vif: la beauté du tems les avait invitées à aller à pied de leur auberge à leur logement, car nous sommes déjà gîtés et chèrement gîtés; elles étaient parées fort à la Française, et sur-tout Henriette. On a murmuré; on s'est attroupé; on nous a suivis; on a lancé un certain Aristophane de cabaret qui s'est mis à chanter devant nous avec les gestes les plus démonstratifs et les expressions les plus libres des cantiques très-peu *spirituels* qui ont fort diverti le peuple. Mon amie, accoutumée aux lubies de la canaille d'Amsterdam, riait; la Parisienne avait une vraie colère de Parisienne et regrettait les Halles. Pour moi mon flegme était imperturbable; mais cependant j'avais peur de me fâcher et le dénouement m'inquiétait: déjà plusieurs Anglais bien mis et passant à cheval avaient distribué quelques coups de fouet au Gilles, et s'arrêtant, nous avaient supplié de ne pas prendre la populace pour la Nation; puis, ils nous donnaient des conseils que malheureusement nous n'entendions pas. Enfin un Français a fendu la foule, donné de l'argent, et fait montre d'éloquence anglaise, puis nous déposant dans une boutique, il a été nous chercher un carosse qui a mis fin à cette scène plaisante au fond et dont mon amie a eu la charmante réparation que je vous ai dite au Parc Saint-James, une fois qu'elle a substitué un petit chapeau Anglais à nos immenses panaches.

Avec quelque précipitation que ceci soit ébauché, mon cher ami, vous verrez que je veux me nourrir de l'espoir que vous êtes en état de me lire, de m'entendre et presque de me répondre. L'idée de mon ami, malade loin de moi, m'est trop importune.

Si par hasard votre convalescence était prématurée et hâtive autant que je le desire, ou si vous croyez pouvoir charger de la négociation que voici le bon Abbé de la Roche, vous le feriez le plutôt possible, parce que cela m'importe. Le Vieillard a répondu à celle de mes lettres dont vous m'avez paru très-content, le billet malhonnête que voici :

» Je vous renvoie, Monsieur, la lettre que vous m'a-
» viez confiée ; je l'aurais fait plutôt, si je n'étais retenu
» au lit par une fièvre très-forte et un violent mal
» de tête : j'ai pris l'émétique ; j'ai été saigné trois
» fois, et mes maux subsistent encore dans toute
» leur vigueur. On n'est point du tout de l'avis de
» votre ami ; on croit que la dernière forme que
» vous avez donnée à votre ouvrage est la meilleure,
» qu'il peut-être sans danger publié dans le nou-
» veau monde. Pour celui-ci, c'est à vous d'en
» juger, mais on aurait desiré que vous n'eussiez
» fait part à personne qu'on en avait connaissance,
» et on m'a déclaré que la trop grande communi-
» cation que vous en avez faite ne permettait abso-
» lument plus qu'on s'en mêlât. Mes rapports avec
» M. Pâris, ne sont pas comme vous imaginez, de
» simples liaisons de société, et je suis l'ami intime de
» toute la famille de sa femme. Croyez-vous, Monsieur,

» qu'il soit bien permis, qu'il ne soit pas même » répréhensible de mettre, sans preuve bien évidente, » dans le cœur d'un homme mort depuis long-tems » les motifs les plus condamnables, pour, d'après » cette supposition, en faire la satyre la plus cruelle? » Je ne suis point en ce moment en état de discuter » si le bonheur du genre humain dépend d'une » vérité qui ne peut être solidement démontrée que » par une diatribe sur M. Duverney, mais je ne » coopérerai en rien à ce qui peut affliger mes » amis. Recevez, Monsieur, l'assurance de mon sincère » attachement. 23 août 1784. »

Je répondrai, et je répondrai honnêtement; mais vous voyez comme je suis payé d'avoir raison, et surtout de ma loyale communication de l'excellente lettre de Clavière. Mais ce n'est ni le moment, ni la situation de se fâcher. Voici ce qui presse et importe: le docteur Price est à Londres; il est ami intime de Franklin. Que Franklin lui recommande l'ouvrage, ou au moins l'auteur. Alors je tirerai parti d'un livre utile entrepris pour leur faire plaisir et dont j'ai le plus grand besoin. Ne négligez pas cela, je vous en prie.

Adieu, mon très-cher ami. Donnez-moi ou faites-moi donner le plutôt possible de vos nouvelles; et aimez-moi comme il m'est impossible de ne pas vous aimer.

M......

LETTRE XIV.

Londres, 13 octobre 1784.

Je reçois, mon très-cher ami, une lettre dont l'écriture a fait palpiter mon cœur, comme celle d'une maîtresse lorsque j'avais 20 ans; car la fermeté du caractère et le nombre des pages m'ont appris en un instant que vous vous portiez mieux; que vous aviez plus de forces; que votre amitié pour moi était la même; que vous ressentiez toujours le besoin de causer avec moi, enfin que j'avais recouvré la partie la plus réelle de ce qu'il m'est permis de goûter de bonheur, je veux dire le charme et l'assurance de votre amitié. Cette rapidité de sentiment qui, dans une seule émotion fait trouver mille certitudes et mille jouissances est un des plus grands dons que la nature ait fait aux cœurs aimans; et c'est assez pour compenser tous les maux que produit la sensibilité. Car un être sensible jouit avec abandon; et lorsqu'il souffre dans l'objet aimé, il a encore pour se consoler le sentiment même qui le fait souffrir.

Graces vous soient rendues, cher ami, de m'avoir tiré de peine sur vous et sur votre affection; non que j'en doutasse; il ne me faut que tâter mon cœur, pour être sûr du vôtre. Mais il est si doux de s'entendre répéter qu'on est aimé de l'homme du monde qu'on aime, estime et respecte le plus! Et puis, l'ame a besoin d'être soignée comme le corps. C'est-là sans doute un des plus grands mécomptes de la vanité humaine; mais il est trop vrai que l'amitié a besoin de culture, et que la santé de l'esprit et du cœur sont subordonnées au régime et à l'habitude.

Le tableau que vous me faites de ce que vous avez souffert m'a vraiment navré, et sur-tout, par l'idée que je n'ai pas été votre garde : mais la réflexion soulage un peu mon imagination, en ce que la cruelle épreuve que vous venez de subir est une démonstration irrésistible que vous êtes un des êtres les plus vivaces qui existent. Or, la ténuité de votre charpente, la délicatesse de vos traits, et la douceur résignée et même un peu triste de votre physionomie, lorsqu'elle est calme, et que votre tête ou votre ame ne sont point en mouvement alarmeront et induiront toujours en erreur vos amis sur votre force. Pour moi, vous m'avez prouvé, non pas tout-à-fait qu'on ne meurt que de bêtise, mais que les forces vitales sont toujours proportionnées à la trempe de l'ame. Ainsi l'axiôme proverbial : *la lame use le fourreau* n'est pas vrai pour l'espèce humaine. Comment son feu intérieur ne le consume-t-il pas, se dit-on? Eh! comment le consumerait-il? C'est lui qui le fait vivre. Donnez-lui une autre ame, et sa frêle existence va se dissoudre.

Hélas! mon ami ! Tacite et vous, aurez donc toujours raison ! c'est un étrange composé de légéreté et de perversité que l'homme, qu'il faut cependant servir et qu'on voudrait aimer; l'homme qui calcule les astres, qui soumet les élémens, qui défie et combat toute la puissance de la Nature, qui peut tout, excepté conduire lui et ses semblables, qui a tout trouvé hors la liberté et la paix, qui a sçu donner l'autorité, qui a sçu l'endurer, et qui n'a su la diriger ni la seconder; qui sait ramper et ne sait pas obéir, qui sait se révolter et ne sait pas se défendre, qui sait aimer et ne sait pas s'attacher, qui a tous les contraires en bien comme en mal, dans le cœur et dans l'*esprit*. Votre mot est charmant. On a dit il y a long-tems :

> Mille fois, ils m'ont tout promis ;
> Mais le siècle en fourbes abonde,
> Et je ne hais rien tant au monde
> Que la plupart de mes amis.

Mais c'est-là l'épigramme chagrine d'un homme dont l'esprit aigri n'est jamais averti par son cœur. La vôtre appartient à un philosophe qui a observé profondément et qui donne un résultat moral avec la gaieté et l'indulgence sans lesquelles il n'est presque pas un bon cœur. Il y a peu de délicatesse à se personnifier dans un sentiment haineux et vil; au lieu que votre mot, qui est trop vrai, est la saillie aimable d'un homme qui n'a pas été pris pour dupe, et qui aime trop ses vrais amis pour ne pas rire beaucoup de ceux qui prennent ce titre. Mais j'ai peur qu'en ce genre, comme en beaucoup d'autres, il n'y faille pas regarder de trop près; car on s'appauvrirait beaucoup plus qu'il n'est possible d'y résoudre même la philosophie. Bon Dieu! à quels sacrilèges j'ai surpris dans ces derniers tems les personnes qui parlent le plus éloquemment d'amitié! Je ne m'accoutumerai jamais à ces théories que la conduite dément: mais il faut que je m'arrête; car ce que j'aurais à vous dire ne peut pas s'écrire. Ce n'est pas que si j'avais à vous dénoncer un fait important, je ne sautasse le fossé. Mais ce n'est point dans votre cœur que j'ai à vous blesser; et votre tête est si sage, que vous sonderez le terrein même sur lequel vous êtes le plus habitué à marcher, et vous ferez bien. Il faut d'ailleurs, mon ami, une grande circonspection pour les faits; le trait infâme que vous m'apprenez ne l'enseigne que trop, puisqu'une simple transposition de dates, a fait, dans la bouche d'un méchant, d'une action honnête et pure (qu'il n'a pu savoir que par mon bandit de laquais, qui non content de tout me voler épiait mes actions et mes discours à chaque instant de la journée) une malignité capable de compromettre un galant homme auquel je ne me consolerais pas de susciter, même le plus indirectement, une tracasserie. Eh ! qui en sera à l'abri, s'il n'y est pas, lui, armé de tant de circonspection et de sagesse ? Mais outre cette anecdote, quoiqu'il soit à-peu-près impossible que la poste voie tout, je puis vous assurer que les Français de Londres sont aussi inspectés par la police de Paris qu'en France même. Les canailles avanturières qui salissent ici les presses sont les espions les plus corrompus qui existent, et leurs complices le sont aussi ; car qui dit complice en ce genre, dit espion. La complicité est un des moyens de l'espionnage ; et les gouvernemens qui ont recours à ce misérable moyen savent très-bien distinguer l'homme auquel il faut en vouloir. Ils devraient savoir aussi que leurs recherches en ce genre ne produisent rien qu'une ressource assurée à la canaille infecte qui se voue à cette infâme profession. Au reste, il y a aussi des Anglais vendus à la police de Paris ; témoin le vil entrepreneur du Courier de l'Europe, tout aussi méprisable que le rédacteur. Celui-ci, après avoir été libelliste ordurier, est devenu espion gagé, aussi infâme dans ses délations qu'il était méprisable avant ce joli métier. C'est de toute cette canaille que W. a été la victime ; elle craint de n'être pas payée, si elle n'accuse pas, de sorte qu'elle accuse à tort et à travers.

Vous êtes inquiet de mon sort, mon cher ami, et

moi je ne suis pas très-rassuré, surtout sur celui de mon aimable compagne. J'ai cependant quelques projets qui apparemment me feront vivre : mais on se trompe beaucoup sur la générosité des Anglais. Accoutumés à tout calculer, ils calculent aussi les talens et l'amitié : la plupart de leurs grands écrivains sont, presque à la lettre, morts de faim. Jugez de quiconque n'est pas de leur nation ! Une des premières choses qui frappent ici, c'est l'esprit d'ordre, de méthode, de calcul. On peut y dire le *pourquoi* de chaque chose ; et cela doit peser sur-tout dans l'esprit d'un Français. Mais tout à ses inconvéniens ; ce genre d'esprit exclud presque nécessairement les grands mouvemens de sensibilité ; ils appartiennent ici au peuple, beaucoup trop calomnié, même dans ce pays où cependant il est quelque chose. En général, mon ami, Clavière a raison ; et j'ai été obligé de m'en convaincre ; moi qui écris contre l'aristocratie. On ne défendra jamais bien le peuple, quand on se laissera aller à quelque déplaisir contre lui, quand les mots de *canaille*, de *populace*, de *goujat* resteront dans le dictionnaire du défenseur. Un plus profond examen de ce qui suggère ces épithètes, agite la tête et le cœur. On voit bientôt que cette populace, cette canaille n'est plus si nombreuse ni si vile qu'on l'imaginait. Ces grossieretés dont elle affuble les panaches, les plumets, l'air Français, tout ce que vous voudrez, ne sont pas si grossières. Il faut aussi faire le procès à ceux qui inventent, qui portent, qui accréditent ces puérilités; titres presque uniques par lesquels on se distingue de la canaille; elle est bruyante, elle est incommode, mais aux yeux et aux oreilles de qui? Et ces graves et silencieux déportemens de la canaille instruite, bien vêtue, s'intitulant *gens comme il faut*, feront-ils mieux le bonheur de la terre? Il faudrait, mon ami, il faudrait qu'une tête pensante et sagace comme la vôtre vît l'Angleterre comparée à tout ce qu'on voit ailleurs, et pesât les désagrémens, qu'on exagère chez vous, contre les maux réels dont il est défendu de parler. Rien de parfait ne saurait sortir de la main de l'homme; mais il y a du moins mauvais et beaucoup moins en Angleterre que partout ailleurs, où des esclaves, les fers aux pieds et aux mains, se moquent des dangers que courent les voltigeurs. Il semble qu'on ait voulu consoler jusqu'ici les autres Nations en leur parlant des défauts de la Constitution Anglaise, de ce qu'on appelle ses abus. On a fait comme ceux qui porteraient leurs gémissemens sur de légers liens à des esclaves chargés de lourdes chaînes; on abuse de ce que les premiers laissent toute la sensibilité, tandis que les autres ôtent tout sentiment. Enfin si le mieux peut trouver place chez les Bretons, ce sera quand les autres nations Européennes seront arrivées à leur niveau. Le philosophe doit donc tendre à cette révolution, avant que de desirer l'autre.

Une émeute, une sédition à Londres fait plus de bien au cœur de l'honnête homme, que toute cette imbécille subordination dont on se vante ailleurs. Si l'on approfondissait, si l'on comparait, si l'on cherchait les corrélatifs en politique on ferait sur l'Angleterre et les Anglais un ouvrage qui aurait de la *signifiance* : mais il ne faudrait pas, comme l'illustre Linguet, qui, tout ainsi que Mallebranche voyait tout en Dieu, voit tout en Linguet, rechercher les fourchettes à deux fourchons et le manque de serviettes... Un magistrat d'une des sociétés les plus libres de la terre, félicitait l'autre jour une connaissance à moi qui a quitté l'Irlande, de n'être plus parmi ces Hibernois qui emplument et coupent des jarrets. C'est un bon homme parlant admirablement *liberté*, pourvu qu'on laisse faire la magistrature ; et voilà comme on est par-tout. Dès que le peuple tente de se faire justice, *c'est une horreur.* Il faut cependant remarquer que les premiers emplumeurs et coupeurs de jarrets pour cause politique ont paru en Amérique, et que cette manie a disparu, quoique la cause réprimante soit très peu de chose : mais les causes pour lesquelles il fallait emplumer, etc. etc. ont disparu. Il faut remarquer aussi que l'art d'ôter la raison pour ensuite argumenter de la folie est l'art des coupables gouvernans. Cela établi, qu'importe de détailler les convulsions de l'infortuné dont on a irrité les nerfs par un breuvage ?......

Mais,

Mais, mon ami, voilà beaucoup bavardé; car il faut nous tenir dans les généralités. Mais je ne puis pas me refuser au plaisir de frotter la tête la plus électrique que j'aie jamais connue : je ne perdrai pas mon tems ici; et si la misère et le malheur ne font pas justice de moi, je répondrai peut-être à mes ennemis et à mes prétendus amis, presque aussi coupables que mes ennemis, mais de la seule manière qui me convienne désormais, par de bons et d'utiles ouvrages, tous portant mon nom; car dès le premier, j'annonce que tout ce qui ne le portera pas me sera faussement attribué, afin qu'on n'essaie pas de m'imputer les viles anonymités qui pullulent ici. Quoiqu'il arrive, vous n'aurez pas à rougir de moi; soyez-en bien assuré. Mais quand vous presserai-je contre mon cœur? c'est en vérité ce qui m'est impossible de dire : à cet égard, j'ose à peine fixer l'avenir.

Je vous ai déjà écrit, mon cher ami, sur le brillant surcroît de fortune qui vous est arrivé; j'en étais en colère, et je ne suis pas encore très-calme à cet égard : mais je veux vous croire *déguignoné*, comme vous dites : c'est cependant une dérision, si vous ne devez commencer à toucher que dans trois ans, à moins qu'on ne vous en donne neuf d'avance. Madame de N. vous écrira le premier courier. Aujourd'hui, il est trop tard, et ses beaux yeux souffrent à la lumière : elle vous prie de l'aimer et de m'écrire souvent, car elle prétend que je suis très-mauvaise compagnie, quand vous ne m'écrivez pas. Adieu, cher et bon ami ; il y a long-tems que votre conquête a compensé toutes les pertes et toutes les méprises de mon cœur. Conservez-moi le vôtre, et quoiqu'on fasse, je ne serai pas tout-à-fait malheureux. Choyez votre convalescence avec votre raison et non pas avec votre tête : caressez les muses ; qu'elles vous comblent long-tems de toutes leurs faveurs ; et quand vous serez désensorcelé, toujours vous auront-elles valu plus de jouissances que d'or, ni même de gloire à en juger par celle qu'il vous était donné de mériter, et par les seuls dispensateurs dont vous puissiez l'attendre. *Vale et me ama.*

Plusieurs articles de votre lettre ne sont pas répondus ; parce qu'une de mes lettres qui a croisé la vôtre l'a fait d'avance.

LETTRE XV.

10 Novembre 1784.

JE viens de recevoir votre lettre tendre et sage, mon bon et cher ami ; et j'ai éprouvé le double plaisir d'apprendre de vous d'heureuses nouvelles, et de trouver dans l'accent et l'expression de vos craintes une vive empreinte de votre amitié. C'est-là sans doute une grande jouissance pour moi ; mais la circonstance en a redoublé la saveur. Je suis triste et malheureux : ma douce et charmante compagne est malade, et malade de langueur : elle est à son 11e accès de fièvre. Heureusement les accès sont intermittens et laissent deux jours de passables : mais l'extrême faiblesse, l'agacement des nerfs, les accidens de femme qui en ont résulté, l'ont jetée dans une situation très-fâcheuse, quoique au fond peu inquiétante. D'un autre côté ma bourse n'avait que faire de cet échec. Toute visite de médecin réputé (et peut-on en choisir un autre pour son amie) coûte un louis à Londres ; c'est acheter cher l'inquiétude. Enfin mes ressources sont à leur terme, et non-seulement je n'ai point encore obtenu le pain de la loi, mais je n'obtiens pas même de réponse de mes gens d'affaires. Heureusement Target retourne incessamment à Paris et se charge de mettre un terme à cette indécision cruelle.

On projette de me charger d'un grand ouvrage qui m'assurerait le nécessaire pour long-tems ; mais l'entreprise en est encore fort incertaine. Changuyon me propose aussi de Hollande de la besogne ; mais il faut le tems de la faire. Tout cela combiné, mon ami, dessinez le premier trait d'une situation dont votre imagination ne saura que trop faire un tableau fort triste, mais qui pourtant n'est pas désespérée. Le grand, le vrai mal c'est la souffrance de mon amie ; et votre lettre en a tempéré l'amertume. Jugez

E 2

ce que votre amitié est et peut pour notre bonheur. Hélas! mon ami, il n'en est qu'un de vrai, c'est d'aimer et d'être aimé. Sans ce charme je ne pourrais déjà plus supporter le fardeau de la vie.... mais songeons que j'écris de Londres, et dans le mois de novembre. Ne nous occupons pas de ces idées. — Je veux cependant vous dire et seulement dans des vues littéraires, que j'ai rencontré à ce sujet dans le Séjanus de Bergerac imprimé en 1638 et dédié au duc d'Arpajon, où par parenthèse l'on professe tout haut l'athéïsme avec approbation et privilège du Roi, j'y ai trouvé dis-je ces vers qui m'ont bien étonné :

Et puis mourir n'est rien, c'est achever de naître.
Un esclave hier mourut pour divertir son maître;
Au malheur de la vie on n'est point enchaîné,
Et l'ame est dans la main du plus infortuné.

En vérité, mon ami, on ne ferait aujourd'hui rien de plus beau que ces deux derniers vers. Il est vrai qu'on en trouve à côté de cette force. Terentianus demande à Séjanus s'il ne craint pas le tonnerre des Dieux, et Sejanus répond :

Il ne tombe jamais en hiver sur la terre;
J'aurai six mois au moins pour me mocquer des Dieux.

Non, mon ami, je ne suis point enthousiaste de l'Angleterre; et j'en sais maintenant assez pour vous dire que si la Constitution en est la meilleure connue, l'administration en est la plus mauvaise possible, et que si l'Anglais est l'homme social le plus libre qu'il y ait sur la terre, le Peuple Anglais est un des moins libres qui existent. Je crois davantage, mon ami : je crois qu'individuellement parlant, nous valons mieux qu'eux, et que le terroir du vin l'emporte sur celui du charbon de terre, même par son influence sur le moral. Sans penser avec M. de Lauraguais que les Anglais n'aient de fruits mûrs que les pommes cuites et de poli que l'acier, je crois qu'ils n'ont pas de quoi justifier leur orgueil féroce. Mais qu'est-ce donc que la liberté, puisque le peu qui s'en trouve dans une ou deux bonnes lois place au premier rang un peuple si peu favorisé de la nature ? Que ne peut pas une constitution, puisque celle-ci quoique incomplète et défectueuse, sauve et sauvera quelque tems encore le Peuple le plus corrompu de la terre de sa propre corruption ? Quelle n'est pas l'influence d'un petit nombre de données favorables à l'espèce humaine, puisque ce Peuple ignorant, superstitieux, entêté (car il est tout cela) cupide et très-voisin de la foi punique, vaut mieux que la plûpart des Peuples connus, parce qu'il a quelque liberté civile? Cela est admirable, mon ami, pour l'homme qui pense et qui a réfléchi sur la nature des choses, et problême insoluble pour tous les autres. Au reste, ne croyez pas que l'on connaisse ce pays; plus je vois, et plus je m'assure qu'on ne sait que ce qu'on a vu. Je vous défie de vous faire une idée de la ridiculité des préjugés accrédités sur l'Angleterre, tantôt calomniée, tantôt exaltée avec la plus absurde ignorance. Je fais pour vous et pour moi des notes qui vous seront utiles et qui vous convaincront de ces deux choses; l'une que le plus léger mensonge mène les voyageurs à des résultats d'une fausseté incalculable; l'autre qu'il est une quantité énorme de choses que nous autres Français faisons en les louant, c'est-à-dire qui n'existent que dans nos éloges. Cette observation m'a été confirmée aujourd'hui dans un détail peu important, mais qui vous expliqnera bien ce que je veux dire. Tout le monde a entendu parler de la fameuse épitaphe de Wren dans la chapelle souterraine de Saint-Paul de Londres: *Si monumentum quæris circumspice*; mais personne n'a dit que ces quatre mots étaient noyés dans dix ou douze lignes de très-mauvais latin, où l'on n'a eu garde d'oublier l'*eques aureatus* et toutes les sottises imaginables. De même il y a dans l'épitaphe de Newton, *Sibi gratulentur mortales tale tantum que extitisse humani generis decus*. Cela est bien; mais précédé de onze lignes dans lesquelles on lit pompeusement l'*eques aureatus*, le commentaire sur l'Apocalypse, etc. etc. Au reste, ceci me rappelle une anecdote précieuse pour ceux qui, comme vous et moi, sont à l'affût du charlatanisme humain. Voltaire a écrit par-tout qu'il y avait à Montpellier une statue de Louis XIV, avec cette belle inscription : *A Louis XIV après sa mort.* Il n'y a à ceci que trois petits inconvéniens; c'est 1°. que l'inscription est en latin; 2°. qu'elle est fort longue; 3°. qu'elle raconte tout uniment le fait comme il s'est passé; à savoir que la statue a été décrétée par la ville pendant la vie de Louis XIV et posée depuis sa mort — *Superstiti decrevére* — *Ex oculis sublato posuère.* Et puis Voltaite ose nous dire à tout propos :

> Et voilà justement comme on écrit l'histoire.

Mais un fait plus important que j'ai complètement vérifié, que je vous prie de garder pour vous, parce que j'aurai bientôt occasion de l'encadrer, mais qui est trop précieux pour que je ne vous l'apprenne pas, c'est celui-ci:

Vous lirez dans le livre de l'Esprit, tome 2, p. 138 à la note (édit. in-8°. 1778) » Dans ce » pays (la Turquie) la magnanimité ne triomphe » point de la vengeance; on ne verra point en » Turquie ce qu'on a vu, il y a quelques années, » en Angleterre: le Prince Edouard poursuivi par » les troupes du Roi, trouve un asyle dans la maison » d'un Seigneur; ce Seigneur est accusé d'avoir » donné retraite au Prétendant. On le cite devant

» les juges ; il s'y présente et leur dit : souffrez qu'a-
» vant de subir l'interrogatoire, je vous demande
» lequel d'entre vous, si le Prétendant se fût réfugié
» dans sa maison, eût été assez vil et assez lâche
» pour le livrer ? — A cette question le tribunal se
» taît, se lève et renvoie l'accusé.

Ce fait me paraissait absurde : nul tribunal sur la terre, qui n'est pas le souverain, n'a le droit ni le pouvoir de juger ainsi. Enfin j'arrive en Angleterre et le hasard me fait rencontrer Lady Margaret Macdonald qui a vécu en 1763 à Edimbourg avec Monsieur Macdonald of Kingborough, le héros du roman de M. Helvétius. M. Macdonald n'était point un Seigneur ; c'était un Gentilhomme cultivateur assez pauvre ; il demeurait dans l'île de Sky, près du château de son proche parent, le Chevalier Alexandre Macdonald, propriétaire en grande partie de cette île et chef de la clan Macdonald, une des tribus Ecossaises les plus attachées au Prétendant. Les officiers du détachement à la quête du Prétendant que l'on savait être dans l'île de Sky étaient dans la salle à manger du château avec Lady Margaret. Un paysan montagnard se présente à la porte de la salle et remet à Milady un billet non cacheté ; elle reconnaît la main du Prétendant qui lui demande une bouteille de vin, une chemise et une paire de souliers. Ce malheureux Prince accablé de lassitude était alors assis sur une colline à un mille du château, et l'on pouvait le voir des fenêtres de la salle. Lady Margaret ne se troubla point; elle prétexta quelques détails de famille, quitta les officiers et courut avec le paysan montagnard chez Macdonald of Kingborough: *Si le Prince entre chez vous*, lui dit Macdonald, *ou si vous l'assistez en la moindre chose, vous êtes perdue, vous et votre famille. Je me charge de tout. Adieu.* Il lui prit la main et partit.

Macdonald, avec des difficultés infinies parvint à sauver le Prétendant qu'il habilla en femme, etc. Ce Prince gagna les montagnes et se rendit heureusement à bord d'un des vaisseaux que la France avait envoyés en croisière sur les côtes occidentales d'Ecosse pour faciliter son évasion. — Bientôt après, Macdonald fut arrêté et mis en prison dans le château d'Edimbourg, où il resta quelque tems avant qu'on lui fît son procès. Pour toute défense il dit à ses juges : *Ce que j'ai fait pour le Prince Edouard, je l'aurais fait pour le Prince de Galles, s'il se fût trouvé dans les mêmes circonstances.* Le tribunal ne se tût point, comme dit Helvétius; mais il condamna Macdonald à être pendu. La sentence qui lui fut prononcée portait en outre que, lui encore vivant, aurait les entrailles et le cœur arrachés pour être jetés dans un brâsier allumé au pied de l'échafaud, ensuite la tête coupée, etc. C'est le supplice ordinaire des traîtres à la patrie. Macdonald ne le subit point. Le duc de Cumberland représenta que cette exécution aliénerait sans retour la clan Macdonald. On lui fit grace par politique et l'on se contenta de le tenir un an prisonnier dans le château d'Edimbourg... — Mais combien cela est différent! combien cela est vrai, simple, beau, grand! Combien Macdonald et la nature perdaient au récit d'Helvétius. Il a su son erreur, et il a répondu: ma foi cela est imprimé; et cela est encore beau comme je l'ai écrit. Quand ceux qui écrivent la morale, la philosophie, la politique, l'histoire, sauront-ils qu'ils ne sont que de vils saltimbanques lorsqu'ils ne se regardent pas comme des magistrats!

L'ouvrage que l'on me propose, mon cher ami, est une entreprise considérable; il ne s'agit pas moins que de mettre et tenir ces Messieurs au courant de toutes les idées saines d'économie politique qu'ils ont traitées jusqu'ici de vaine métaphysique. L'ouvrage paraîtrait en Anglais et en Français; le plus ou le moins de succès n'importerait qu'à ma conscience et à mon amour-propre, car j'aurais une rétribution fixe par mois: mais j'ai cru devoir leur observer que cet ouvrage n'étant point de nature à piquer la malignité, parce que je ne dois ni ne veux parler que des choses, et encore avec circonspection; je leur conseillais d'adopter un plan qui éveillât la curiosité. Consulté sur cela, j'ai dit que le plus grand service, selon moi à rendre aux lettres aujourd'hui, était d'abréger, et de guider un choix dans l'immensité des mensonges, des erreurs et des vérités imprimées; qu'en conséquence, un *conservateur* qui donnerait en tout genre des analyses, et non pas des extraits des bons livres; qui tirerait du fumier des ouvrages périodiques les paillettes qui peuvent y être tombées, et qui deviendrait le dépôt de morceaux détachés qui, par leur briéveté, c'est-à-dire, par un de leurs plus grands mérites mêmes, sont bientôt oubliés et perdus, serait un ouvrage très-précieux, et qui, fait avec scrupule, sans complaisance, sans négligence, sans précipitation, serait à-peu-près sûr d'un succès d'estime moins rapide que les succès d'éclat, mais durable et toujours croissant. On délibère sur cette idée; je la crois bonne; et si elle l'est, faites des vœux pour qu'elle soit acceptée; car elle me vaudrait 50 louis par mois, et c'est plus qu'il ne me faut même ici. Il est vrai que ce revenu serait acheté par un travail excessif et désagréable, en ce qu'il m'ôterait le tems nécessaire pour la culture de mes propres pensées: mais je le regarderais comme un cours d'études à finir lorsque la fortune voudra me rendre indépendant. Des hommes qui valaient mieux que moi ont été condamnés à des galères aussi mauvaises; et quand je me sens prêt à m'irriter, je me rappelle cet apologue Arabe. — Je m'étais toujours plaint des outrages du sort et de la dureté des hommes; je n'avais point de souliers, et je manquais d'argent pour en acheter : j'allai à la Mosquée de Damas, je vis un homme qui n'avait point de jambes; je louai Dieu, et je ne me plaignis plus de manquer de souliers. — Si je n'avais pas une compagne de mon sort, une compagne aimable, douce, bonne, tendre, que sa beauté aurait infailliblement rendue riche, si ces excellentes qualités morales ne s'y étaient pas opposées, qui souffre pour elle et pour moi, en pensant que j'ignore toujours les ressources du mois qui suit, moi dont le cœur ne fut jamais fermé à l'infortune, cet apologue me rendrait très-philosophe.

Dites-moi, mon ami, si une fois embarqué dans cette besogne, je puis compter du moins sur vos indications, soit pour les anciens livres qui méritent d'être analysés, soit pour un choix de pièces fugitives (littéraires) dont je voudrais que cet ouvrage fût le dépôt, et pour lequel je ne puis avoir un aussi bon guide que votre goût exquis et votre incorruptible conscience. Dites-moi aussi si vous croyez que je puisse compter sur des souscripteurs en France, dites-moi sur-tout avec votre franchise et votre sagacité ordinaires ce que vous pensez de l'idée et du plan.

Ce que vous me dites de votre santé et de votre genre de vie me fait un très-grand plaisir, mais me donne de bien vifs regrets. Combien j'aurais vécu avec vous cet hiver! combien j'aurais passé d'heures délicieuses! et cultivé mon ame et ma pensée! Car, ne vous y trompez pas, c'est mon esprit qui acquiert ici ; mon ame est veuve, philosophiquement parlant, et ma pensée avorte faute d'un ami qui l'entende ou qui l'éveille. Je combine une foule de rapports nouveaux ; et certainement il résultera de ces rapprochemens et de ces combinaisons de bonnes choses, sur-tout quand je les aurai mûries auprès de vous dans la serre chaude de votre amitié et de vos talens. Mais aujourd'hui je ne fais qu'amasser ; je ne dispose point. Je n'ai jamais si bien senti combien vous étiez nécessaire pour m'encourager et me guider. Je ferai ici plusieurs bons ouvrages ; un entre autres qui sera une grande vengeance offerte à l'humanité ; ce sera l'histoire d'un des plus horribles crimes du 18e. siècle, dont le hasard m'a envoyé les matériaux les plus curieux et les mieux détaillés ; mais un grand ouvrage de morale ou de philosophie, je ne l'entreprendrai jamais qu'auprès de vous, qui êtes la trempe de mon ame et de mon esprit.

Allons donc, je serai content de vos amis puisque vous le voulez ; mais qu'ils s'arrangent pour que vous ayez 12,000 liv. de rente, ou je ne réponds pas des rechûtes. Bon jour, mon ami ; car en voilà bien long ; et ma pauvre petite se réveille ; remarquez, s'il vous plaît qu'elle est trop excusée de son silence ; elle vous aime de tout son cœur et vous regrette très-vivement. Adieu, encore une fois, je ne vous dirai pas : si vous aimez des anecdotes caractéristiques de ce pays pour augmenter votre immense répertoire, écrivez-moi souvent, car je vous en enverrai toujours en réponse; mais je vous dirai: écrivez-moi souvent; car cela me console et soutient mon courage.

P. S. Vous êtes sûrement étonné de ce que les C. (1) ne circulent pas encore; mais vous ne le serez plus quand vous saurez que j'ai traduit à la suite un pamphlet du docteur Price intitulé: *Observations on the importance of the American revolution, and the means of making it a benefit to the World;* (cela n'est pas excellent, mais on m'en a beaucoup prié) et fait un discours et des notes sur cet ouvrage, dont vous ne serez pas mécontent pour avoir été fait loin de vous.

LETTRE XVI.

Londres-Hatton street in Holborn, 30 décembre 1784.

Je ne voulais ni vous gronder, mon ami, ni interpréter votre silence d'une manière qui pût affliger mon cœur; mais j'étais inquiet de vous; car votre constitution débile et votre tempérament igné se conserveront long-tems l'un par l'autre, mais ils se heurteront souvent; et la vie est bien quelque chose; mais ne pas souffrir est beaucoup plus, du moins selon moi. Me voilà rassuré, jusqu'à un cer-

(1) Les *Cincinnati*, c.-à-d. l'Ecrit sur l'Ordre de *Cincinnatus*.

tain point pourtant ; car je sais que vous payez cher quelques semaines de travail forcé ; et je n'aime pas assez la littérature, quoique j'en sois idolâtre, pour pouvoir desirer de l'enrichir à vos dépens, et d'autant moins que tôt ou tard les trésors de votre genie lui arriveront. Pourquoi donc se hâter au risque de ruiner votre santé ? Mais vous m'auriez fait bien plaisir de me récapituler la réception de mes lettres, ou du moins de me les signaler par quelques traits détachés ; car j'en ai quatre ou cinq au moins sans réponse ; et vous ne me parlez que de celle où je vous entretenais du *conservateur*. Au reste, comme il n'y avait dans les autres aucun motif de suppression, je suppose qu'elles sont arrivées à bon port. Car j'entends bien pourquoi l'on gêne la liberté de la presse : en dépit des cent mille et une raisons que j'en pourrais donner, je trouve qu'on peut résumer cette question dans un argument très-court. Quel mal y aurait-il qu'il n'y eût pas tel, tel, tel, tel, et tel livres ? et cela jusques et inclusivement la Bible où pourtant il est dit que *toute puissance vient de Dieu*, et sans égard à ce que la poudre à canon, le plus utile de tous les livres à ceux qui n'en veulent point, serait encore dans le cerveau du Père Eternel, si Adam ne nous eût pas transmis la faculté de faire des livres ? Qu'avez-vous à répondre à cela ? Hen ! Mais pourquoi gênerait-on le commerce des lettres ? Il n'a pas du tout les mêmes conséquences ; car quel homme, à moins d'être insensé, ne sait pas qu'il écrit sous les yeux vigilans de tous les sages et généreux gouvernemens qui régissent l'univers, comme ils disent? Donc si ce n'était pas une très-agréable et expédiente occasion de gagner et faire gagner beaucoup d'argent à beaucoup d'honnêtes-gens, l'interception des lettres serait une chose fort inutile (procédé à part que pourtant tout le monde ne trouve pas également gai) et d'autant plus inutile, qu'il n'est pas une correspondance d'ambassadeurs qui ne se fasse par couriers. Mais le ciel me défende de gloser sur une si belle institution!

Vous voilà bien affairés Messieurs les distributeurs de la gloire! Que l'Esprit-Saint vous illumine! mais miracle pour miracle, il devrait bien commencer par les candidats avant de passer aux électeurs. Au reste, savez-vous pourquoi je parle de ceci? Vous ne vous douteriez pas en cent mille ans que je fusse solliciteur d'une place à l'Académie. Je le suis pourtant ou à-peu-près: mais rassurez-vous, ce n'est pas de moi, et indépendamment du bras de mer, ce ne sera jamais de moi dont il sera question. Vous me dites qu'au nombte des aspirans se trouve Target. Je sais, mon cher ami, tout ce qu'il y a dire contre lui; et cela se réduit à ceci; *il a peu ou point de titres littéraires*. Cela est vrai; mais peu d'hommes, et nul parmi les aspirans, à moins que ce ne soit Garat (à qui je ne voudrais pas nuire assurément, mais

mais qui a son poste) n'est aussi capable d'en avoir. Je ne sais si vous connaissez les lettres d'un Homme à un Homme, le meilleur des écrits polémiques qui parurent au tems de Maupeou : cela est de lui. Vous devez connaître ce qu'il a écrit sur la censure. Une grande partie du morceau intitulé : *Réflexions sur l'ouvrage précédent*, imprimé à la suite de l'ouvrage de Price dans mes *Cincinnati* est de lui ; et cela fut jeté en un instant. En un mot, je vous suis garant qu'il a une vaste littérature, des connaissances très-nettes, et la tête pleine de choses et de bonnes choses. Par exemple, non-seulement il est au courant de toutes les idées saines en économie politique, mais il en à redressé plusieurs : non-seulement il est au courant de toutes nos idées philosophiques, mais il a donné à plusieurs beaucoup d'énergie et d'extension. Le Patriciat a reçu de lui de rudes coups de *Knout* dans le procès des Queissat, etc. etc. De plus, (et si nous ne traitions qu'entre nous, j'aurais commencé par là) c'est un parfaitement honnête homme, bon, chaud, sensible, pur, incorruptible ; et l'on vous offre de plats coquins. Enfin, et ceci pesera dans votre cœur, il est mon ami particulier ; il est digne d'être le vôtre ; et il m'a rendu un service important que je ne lui ai pas même demandé, ni indiqué, avec toute sorte de chaleur et une grace charmante. Je sais bien, mon ami, que tout cela, quoique très-sonore à votre ame, ne vous ferait pas faire ce que vous ne croiriez pas devoir faire ; mais, en conscience, croyez-vous devoir quelque chose en ceci ? Où est le plus digne ? où sont les données pour déterminer le plus digne ? et le plus digne fût-il là, votre voix le fera-t-elle élire ? que va-t-on vous proposer ? quelques canailles titrées, ou quelques bamboches littéraires. Target a fait bien mieux que de mauvais ou médiocres ouvrages ; il n'en a point fait : il a consacré sa vie à une profession embrassée malgré lui, et qu'il n'en a pas moins remplie avec une rare dignité, avec un grand zèle, avec tout l'éclat dont l'éloquence du *mur mitoyen* est susceptible. L'honneur qu'on lui ferait, car enfin c'en est un dans sa position, rare même, et par conséquent assez desirable, l'honneur qu'on lui ferait, exciterait en lui le desir et la volonté de déployer ses forces ; et le choix de l'Académie où d'ailleurs il faut de tous les genres, peut nous valoir quelques bons ouvrages, au lieu de consultations obscures ou de plaidoyers éphémères : et puis, maintenant que la peste est sur les beaux esprits, n'y a-t-il pas de la place pour tout le monde ?

En voilà bien long, mon ami ; mais c'est que la chose me tient au cœur ; et vous savez si vous recevriez un refus de moi. Que Target doive votre voix à votre amitié pour moi, et je vous suis garant que je vous aurai acquis un ami digne de ce titre par sa morale, et même par ses talens.

Les miens, car il me faut bien, comme un autre, parler de mes talens, viennent de faire un tour de force dont je ne puis rien vous dire autre chose, sinon qu'un livre singulier et rempli de recherches aura été fait et imprimé en un mois, ici où l'on imprime la moitié moins vîte qu'en France. Or, dans cette occasion, le tems importait fort à l'affaire; et l'affaire m'importait fort à moi; outre qu'elle est grande et belle, mon *conservateur* est accroché, parce qu'on veut qu'un Libraire Français entre dans la moitié des frais de l'edition française (vous voyez que vous vous êtes trop hâté de me féliciter) de sorte que la maladie de mon amie m'ayant ruiné, j'étais aux expédiens. Me voilà sauvé pour une couple de mois. Vous trouverez-là le nom de votre hôte consigné avec honneur; vers le milieu du mois prochain cela vous parviendra.

On nous annonce ici un grand ouvrage en trois volumes de Neker, avec son avis sur l'administration des finances : il est, dit-on, entre les mains de notre Roi, de notre Reine, de *Monsieur*, et sans doute de M. le Dauphin, plus de M. de Castries; 18,000 exemplaires sont prêts pour porter à toute la terre la preuve que la France a perdu un bon serviteur et que le serviteur en est bien fâché. Quant à moi, outre que je sais à quoi m'en tenir sur ses talens financiers, et ses opérations ministérielles, je suis occupé en ce moment d'une étude qui ne le montre pas en beau. L'abandon qu'il a fait de sa patrie dans un tems où il lui était facile de la sauver et de la mettre pour toujours hors des dangets où elle s'est abîmée, est un vilain bout d'oreille, par lequel il m'est impossible de ne pas le juger. Turgot n'était pas Genevois à beaucoup près, et cependant il eût tenu à honneur de sauver une taupinière où on lui aurait dit que la Liberté était en danger, et il n'eût pas marchandé ses peines. Au reste, le glorieux avait honte de son père (je vous en dirai quelque jour les détails) cherchez là dessous, si vous pouvez, un grand homme..... Cela n'empêche pas que l'ouvrage sur les finances ne puisse être bon. Quand on sait bien ses quatre règles, qu'on peut conjuguer le verbe *avoir*, et qu'on est laborieux, on est un aigle en finance.

Bon soir, mon ami: si mon conservateur ne s'accroche pas, il y a beaucoup à parier que je retournerai en France; car je ne veux pas mourir de faim ici, où Rousseau aurait péri de cette triste maladie, s'il n'eût eu que ses talens à donner pour hypothèque à son boucher et à son boulanger; et en France pourtant, il est bien difficile que, moi présent, on me refuse du pain. Notez, je vous prie, que le Parlement *a remis à délibérer sur ma demande en courant et arrérages de pension alimentaire, après le compte de tutelle rendu par mon père.* Il faut avec ces Messieurs vivre par provision sans provision. Adieu encore une fois; écrivez-moi plus souvent. Donnez-moi des nouvelles des *Cincinnati* que vous devez avoir depuis long-tems, et n'oubliez pas combien le principal objet de cette lettre me tient au cœur.

LETTRE XVII.

C'est à M. Leveillard que je dois, mon cher ami, d'être certain que vous vivez, et que faible encore, vous vous portez mieux. C'est à lui que je dois de savoir les progrès si ridiculement lents de votre fortune qui ne sont pas moins votre éloge que la honte de vos amis : mais enfin je n'ai pas sçu par vous un mot de ce qui vous intéresse. Je l'ai demandé enfin à L. V. qui, malade lui-même, mais sensible à ma peine, m'a répondu courier par courier, et m'a laissé le regret de ne m'être pas plutôt adressé à lui.

S'il est vrai que vous m'aimiez, mon cher Chamfort, je vous prie d'occuper un moment votre imagination de ce que la mienne qui ne manque pas d'activité a dû souffrir de votre silence opiniâtre que je vous ai quatre fois supplié de rompre, ne fut-ce que par un mot de votre laquais, si M. R..... ne voulait pas me faire le sacrifice de quelques minutes. Je ne sais pas ce que je n'ai pas cru; et j'en étais venu à ce point que je ne permettais pas à ma compagne de prononcer votre nom; j'éprouvais trop d'angoisses et d'inquiétudes; tous mes efforts étaient dirigés à me distraire de vous. J'avais renoncé à vous écrire jusqu'à ce que je sçusse votre sort; maintenant vous m'écrirez et je saurai les raisons de votre silence, ou vous serez très-importuné.

Dupont avait de trop bonnes raisons pour ne pas me répondre : il a perdu sa femme, l'une des plus raisonnables et des plus estimables mères de famille que je connusse : elle avait les vertus domestiques de tous les genres; et si ce ne sont pas les plus rares, certainement ce sont celles qui contribuent le plus au bonheur de tout ce qui a des rapports avec nous. D'ailleurs Dupont jeté dans le torrent des affaires, ayant beaucoup de par-delà dans la tête, et de mobilité dans le cœur, avait plus de besoin qu'un autre d'une compagne qui s'occupât de son intérieur : c'est donc une perte et une très grande perte qu'il vient de faire; et je dois trouver tout simple qu'il n'ait pas eu le tems de penser à mes inquiétudes. Mais vous qui en étiez l'objet; vous qui saviez que je n'en manquais pas dans cette grande et ruineuse ville, et qu'au moins me fallait-il être tranquille sur le sort, la santé et l'attachement de mes amis; je ne vous connais qu'un moyen de vous faire pardonner, c'est de vous bien porter, d'être heureux et de me le dire.

Je suis si fâché contre vous, que je ne vous dirai pas un mot de ce pays-ci, ni des courses que j'ai faites et qui, sous peu, produiront peut-être quelque chose; mais comme je veux croire que vous m'aimez encore, je vous dirai un mot de nous. Notre santé est bonne; ma compagne est ce que vous l'avez vue, belle, douce, bonne, égale, courageuse, pénétrée de ce charme de la sensibilité qui fait tout supporter, et même les maux qu'elle produit. Pour moi, je trouve ici pâture à mon activité: j'apprends, je note, je fais beaucoup de choses; mais au milieu des marques de bienveillance et de considération que je reçois, je ne laisse pas que d'être fort inquiet sur l'avenir; la littérature Française étant si étrangère ici, la main-d'œuvre si chère et les Libraires si timides, que le meilleur moyen d'y mourir de faim, c'est d'y être même un bon Ecrivain Français. Au reste, on y imprime les Cincinnati qui me rapporteront peu de chose, mais qui du moins ne me coûteront rien, et qu'un homme de beaucoup de talent a bien traduits, de sorte que l'édition Anglaise paraîtra presque aussitôt que la Française. Mais jugez par ce qui se passe à cet égard, du peu de ressources qu'offre la Typographie Anglaise. Deux libraires de Paris, inutiles à nommer par la poste, mais dont un riche et solide, m'ont écrit pour prendre 1500 exemplaires à 50 sous, pourvu qu'on les leur rendît à telle ville frontière. On a grand'peine à décider le Libraire Anglais à tirer à 1500 l'édition Française; et si l'ouvrage n'avait pas produit ici sur quelques hommes accrédités un très grand effet, jamais Libraire ne l'eût imprimé pour son compte. Les Français accoutumés au pays conçoivent à peine cet effort, et je ne le conçois pas moi-même depuis que je sais que Emsley a refusé d'imprimer le manuscrit des confessions de J. J., de peur que l'édition ne lui restât.

D'un autre côté, depuis que je suis à Londres, malgré mes continuelles instances, je n'ai pas reçu un mot de mes procureurs, et j'ignore encore s'il existe en France un moyen de faire payer par un père une pension alimentaire à son fils.

Avec tout cela, mon ami, aimez-moi; écrivez-moi, et je ne regretterai guère en France que vous et votre société.

Bon jour, mon cher paresseux : que les trésors dont vous surcharge la munificence royale ne vous fassent pas oublier vos vrais amis : les autres sont aimables et brillans, mais voilà tout; et nous, nous vous aimons.

LETTRE XVIII.

Vendredi, 4 février 1785.

Mon ami, je ne vous aurais pas encore écrit aujourd'hui, non pas parce que vous êtes en arrière avec moi, mais parce que je suis triste et malheureux, entr'autres et trop nombreux sujets, de l'absence de ma douce compagne que vous aurez embrassée avant de lire cette lettre ; je ne vous aurais pas écrit, dis-je, quoique je vous doive des remercimens pour votre conduite envers Target, si un devoir de reconnaissance ne m'excitait pas en ce moment à secouer mon *spleen* et à vaincre ma mélancolique paresse.

Je ne vous ai jamais recommandé personne en France, mon bon ami, pas même moi, parce que j'ai toujours trouvé que cette discrétion était un devoir étroit de délicatesse et d'honnêteté envers un homme que son mérite personnel et le hasard des circonstances ont mis en mesure, même intime, avec les grands, sans qu'il ait jamais voulu compromettre son indépendance, trafiquer de leur amitié, mettre, en un mot, en manière quelconque, à profit sa situation ; mais lorsqu'il s'agit d'un étranger, homme de mérite, à recommander au dehors, comme on ne peut soupçonner en aucune façon les intentions et les motifs de celui qui s'y intéresse, comme ces sortes de déférences hospitalières honorent les hommes en place et peuvent leur être utiles ; comme vous ne vous êtes point interdit de conseiller des actions honnêtes et que c'est même la seule part que vous vous soyez réservée dans les affaires de ce monde, je peux me permettre d'être plus hardi. Après cette longue préface, voici ce dont il s'agit :

M. William Manning, beau-frère de M. Vaughan,

homme d'un très-grand mérite, l'un des plus vrais philantropes qu'il y ait en Europe, et certainement l'Anglais le plus dégagé des préjugés nationaux qui existe, auquel j'ai été recommandé par M. Franklin, et qui m'a rendu toutes sortes de bons offices; M. William Manning, fils d'un des plus riches et des plus estimés planteurs des îles britanniques, part pour les Antilles, appelé par de très-grandes affaires. Il desire d'être recommandé à M. le Comte de Damas à la Martinique, et à M. le Comte d'Arrôt à Tabago (je ne sais si ce nom d'Arrôt est bien écrit); vous avez des relations personnelles avec la maison de Damas; et vous n'en n'auriez pas, que votre immense considération, qui vous met de pair avec tout le monde, à force de vous mettre au-dessus, vous en donnerait aisément; mais je me rappelle que vous en avez: d'ailleurs nulle recommandation, soit en Angleterre, soit aux îles, ne peut être plus honorable et plus efficace que celle du marquis de Vaudreuil que l'estime universelle de ce peuple-ci, connaisseur en hommes, doit bien dédommager des tracasseries de cour; et personne ne peut plus aisément que vous, faire écrire un mot de ce bord.

Rendez-moi ce service, mon bon ami; je dis ce service, car je n'aurai peut-être jamais de ma vie une autre occasion de faire quelque chose d'agréable pour l'homme de ce pays-ci qui a été le plus empressé à m'être utile, et qui ne l'aurait pas été davantage après une connaissance de plusieurs années.

Je ne vous parlerai pas de moi, je n'en ai pas le courage; les horribles tracasseries que j'ai essuyées depuis quelque tems, la dureté de mon père, il faut trancher le mot, sa férocité, qui incid ne maintenant sur le pain qu'il est forcé à me donner, et qui met toute son a resse et tous ses efforts pour me faire mourir de faim (car apparemment il n'a pas encore espéré de me rendre vol ur de grand chemin); le départ récent de mon amie qui m'a réellement mutilé et qui me prive de la seule consolation qui me reste sur la terre, au moment où j'ai le plus lourd fardeau à porter; toutes ces circonstances réunies et l'anxiété d'une situation qui n'a point d'égale, me rendraient trop amer de retracer des détails qui vous navreraient le cœur, et loin de me soulager, tirailleraient mes blessures. Mon amie vous dira tout cela, mais elle sera là; et sa physionomie angélique, sa pénétrante douceur, la séduction magique qui l'entoure et la pénètre, adouciront le chagrin que vous causera infailliblement son récit: et moi, je vous déchirerais plutôt que je ne vous attendrirais; outre que vous ne m'entendriez pas sans un volume de fastidieuses explications qui me tueraient lorsque vous seriez au courant. Nous recommencerons à causer, et vous ne négligerez plus la correspondance d'un ami malheureux qui met tant de prix au moindre souvenir de vous, et auquel il reste si peu de jouissances.

Je n'ai certainement pas besoin de vous recommander de faire pour mon aimable amie, et pour le succès de ses démarches, tout ce qui sera en vous, c'est-à-dire, de lui prodiguer vos consolations et vos conseils : vous êtes bon, sensible et généreux : d'ailleurs c'est pour moi qu'elle travaille ; mais je vous jure, mon ami, je vous jure dans toute la sincérité de mon ame, que je ne la vaux pas, et que cette ame est d'un ordre supérieur par la tendresse, la délicatesse et la bonté. Si le comte d'Entraigues est à Paris, avertissez le de l'arrivée de mon amie; et comme lui est un ardent et adroit solliciteur, concertez-vous tous deux avec lui pour qu'il travaille à mes affaires. Au reste, mon cher ami, un grand point serait de m'obtenir sûreté pour rentrer en France, car il est impossible que je vive ici, si l'on ne m'y ménage pas quelques ressources littéraires, et mon nom effarouche tous les libraires soumis à la censure ; mais si je m'y soumets, moi, si je fonde mon pain sur un travail qui ne puisse effaroucher personne, pour quoi donc le même gouvernement qui encourage, qui fait vivre, qui soudoie ici des insectes de l'espèce la plus vile et la plus venimeuse, ne me laisserait-il pas vivre, moi ? lui suis-je donc plus désagréable ou plus suspect que Linguet, etc. etc. ? Quoiqu'il en soit, mon ami, conseillez, dirigez, consolez ma pauvre amie, et ménagez-moi la possibilité de nous retrouver tous trois. — Parlez-moi donc de vous.

Croyez-vous qu'un choix de comédies anglaises réussît en France; c'est-à-dire, qu'un libraire voulût l'acheter ? Remarquez que c'est un travail qui ne peut se faire qu'ici ; mais je voudrais un marché fixe, afin de ne pas consumer inutilement du tems : il importerait que les lettres fussent ici le plutôt possible.

LETTRE XIX.

Paris, 1er janvier 1788.

J'irai vous porter ce matin, mon cher Chamfort, les vœux d'un ami fidèle, affectueux, dévoué, et qui n'aspire aux jouissances d'une fortune indépendante que pour prouver à vous et à un très-petit nombre d'autres mortels, que si jusqu'alors il ne jouissait pas assez du charme de leur société, c'est qu'il ne jouissait pas de lui-même, et que pour disposer de son ame, de ses principes, de ses talens, il s'était vu obligé d'immoler son tems et ses goûts personnels.

Je passerai donc chez vous, mon ami ; mais comme vous pourriez être en course pour les devoirs du jour, je vous prie, par ce billet de me prévenir si la lettre que vous destinez à la consolation de M. Cerutti sera prête assez tôt pour pouvoir trouver place dans le numéro qui paraîtra vendredi : il faudrait pour cela que je l'eusse mercredi soir au plus tard. Ma question a pour motif, mon cher Chamfort, d'abord la nécessité de pourvoir d'avance à nos mélanges, ensuite le desir de faire ce que vous m'avez persuadé être équitable et décent assez à tems pour que la sensibilité de M. Cérutti en reçoive un adoucissement, et non un double choc, ce qui arrive toujours dans les querelles renouvelées.

Bon jour, mon très-bon ami, L. C. D. M.

LETTRE XX.

5 octobre 1790.

Je suis vivement pressé, mon cher Chamfort, de faire exécuter le joli projet dont je vous ai parlé, celui de recueillir ce que j'appelle des vignettes littéraires et philosophiques pour un catalogue raisonné : il faut donc que je m'en occupe, et que je vous prie de vous en occuper assez vous-même pour vous y attacher. Il serait nécessaire, mon bon ami, que je susse quels sont parmi les grands noms vos élus, vos favoris : puis-je compter que les poëtes grecs et latins seront de ce nombre? Si vous y joigniez nos grands maîtres français, je serais bien riche; et si vous aviez le courage d'aller jusqu'à l'élite des auteurs de mémoires et des moralistes, je le serais jusqu'à faire envie. Un mot sur cela, mon bon ami, comme aussi sur notre dessein de nous réunir pour nous préparer à rire civiquement sur les académies. *Vale et me ama.*

LETTRE XXI et dernière.

Mercredi.

Je ne voulais vous remercier, mon ami, qu'au moment où je pourrais vous dire quelque chose sur les infâmes papiers dont on a cru payer votre prose et vos vers, tandis qu'on les eût certainement refusés à la mère de vos talens, je veux dire à votre ame. Le résultat de mes informations est qu'il faut vîte et vîte que vous alliez, *en personne*, chez le Camus, lequel a fait mettre dans tous les papiers publics la plus brutale injonction, *nommément aux membres de l'assemblée nationale*, de s'abstenir de toute recommandation auprès du comité des pensions. Il faut donc, mon ami, que je me réserve pour défendre les vôtres, si on les attaque, et c'est ce que je ferai certes avec l'amitié que je vous dois et l'énergie que vous me connaissez. Mais, avant tout, allez trouver Camus, et tenez-moi averti de son accueil. Bon jour, mon brave ami, on va copier votre excellente Lucianide (1) : vous l'aurez demain ou après demain. *Vale et me ama.*

(1) C'est-à-dire votre diatribe dans le genre de Lucien : c'est le discours sur les Académies.

Fin des lettres de Mirabeau.

PRÉCIS

DE LA

DISSERTATION ALLEMANDE,

Sur les causes de l'universalité de la Langue Française, qui a partagé le prix de l'Académie de Berlin.

AVERTISSEMENT.

Tout ce qui vient d'un homme tel que Mirabeau est en droit d'intéresser ; et tout ouvrage auquel il a eu part appartient au Public.

Le hasard a fait tomber en nos mains l'écrit suivant : la copie n'est pas de lui, soit qu'il l'eût confié à un copiste, soit qu'il n'en fût pas le véritable auteur; mais dans toute l'étendue de l'ouvrage, un grand nombre de corrections interlinéaires sont de sa main.

C'est donc Mirabeau, ou qui a fait lui-même cet extrait, ou qui l'a fait faire, et l'a corrigé ensuite sur la copie, pour le mettre en état de paraître au jour. Dans l'un et dans l'autre cas, et le premier est le plus vraisemblable, le Public doit nous savoir gré de cette publication.

L'écrit, par lui-même, doit attirer l'attention. Lorsque l'Académie de Berlin eut proposé pour sujet de prix la question *des causes de l'universalité de la langue française*, ce prix fut partagé entre deux ouvrages, l'un Français, l'autre Allemand.

Le premier, dont Rivarol était l'auteur, eut un grand succès en France, et le méritait à beaucoup d'égards ; il est intéressant pour tout ami des lettres de connaître le second, et d'apprendre quelles causes d'universalité l'Auteur a découvertes dans une langue qui n'est pas la sienne.

Au défaut de l'ouvrage même, qui fut sans doute jugé trop long pour être traduit, cet extrait doit satisfaire. Une note nous apprend qu'il fut lu par M. de Merian, dans une séance publique de l'Académie de Berlin ; et le Public ne peut recevoir avec indifférence, l'extrait d'un bon ouvrage, fait par Mirabeau, ou même un pareil extrait fait par un autre, mais qu'il se serait donné la peine de corriger tout entier de sa main.

PRÉCIS

DE LA

DISSERTATION ALLEMANDE,

Sur les causes de l'universalité de la Langue Française, qui a partagé le prix de l'Académie de Berlin.

Je ne me permettrai que rarement d'interrompre l'auteur de la dissertation dont j'entreprends l'analyse: mais un ouvrage plein de choses, et accompagné de notes lumineuses, perdrait trop à être jugé d'après cette faible esquisse, qui ne fera qu'en effleurer les principales idées.

PREMIERE QUESTION.

Comment la langue française est-elle devenue la langue universelle de l'Europe?

Section première.

Pour éclaircir cette question, il faut reprendre les choses de plus haut. A mesure qu'il s'établit des liaisons entre plusieurs nations voisines qui parlent des langues différentes, l'utilité, le besoin même d'un moyen commun de transiger ensemble se fait sentir. Il n'est pas naturel que chacune de ces Nations s'assujétisse long-tems à étudier les idiômes de toutes les autres. Peu-à-peu une de ces langues prendra le dessus, deviendra l'instrument général de communication, la langue universelle.

Mais quelles causes feront pencher la balance en sa faveur ? Trois causes principales : le caractère de cette langue ; la culture d'esprit du peuple qui la parle ; les relations politiques de ce peuple.

Et d'abord, en supposant toutes choses d'ailleurs égales entre les langues concurrentes, la plus facile à apprendre obtiendra la préférence. Je ne dis pas la plus indigente en mots et en expressions ; ce serait un titre pour l'exclure. Ce n'est pas non plus la facilité de la prononciation qui lui donnera cet avantage ; quoique ce mérite très-réel, doive entrer en ligne de compte.

La différence la plus essentielle entre les langues, résulte de la forme des constructions et de l'arrangement des périodes. Il est incontestable que nous saisirons, avec d'autant moins de peine, le sens d'une suite de mots et de phrases, que l'ordre où ils sont placés répondra de plus près dans notre esprit, à la succession des idées et des jugemens dont ces mots et ces phrases nous retracent le tableau.

Cette différence n'est pas une chimère née dans le cerveau des grammairiens; elle est fondée sur la nature de l'intelligence humaine. On a beau nous opposer l'extrême liberté qui règne à cet égard dans les langues anciennes; tout en se la permettant, les Grecs et les Romains n'ignoraient pas que le langage a sa marche naturelle, analogue à celle de nos pensées; on en voit des indices dans Cicéron et dans Denis d'Halicarnasse. Leurs écarts mêmes étaient circonscrits dans de certaines bornes; ce qui suppose encore un ordre naturel, dont ils s'éloignaient à dessein jusqu'à un certain terme, qu'ils n'osaient franchir.

Enfin dans toutes les langues, il faut distinguer le style pathétique, pittoresque, harmonieux qui a ses lois particulières, et autorise les inversions, autant qu'elles sont compatibles avec le génie de la langue et avec la clarté du discours. Mais on conviendra du moins qu'une langue calquée sur l'ordre naturel, dont la régularité des constructions fait la base et le premier principe, dont le caractère essentiel exige la plus grande clarté; on conviendra, dis-je, qu'elle est infiniment plus propre pour le commerce de la vie, que ces langues irrégulières, dont la contexture est incohérente et incertaine.

Le génie des Nations est empreint dans leur langue: ce langage est-il réglé, cultivé? il prouve que dans cette nation on a réfléchi, débrouillé ses idées, exercé son entendement. Une telle langue a pris une assiète plus ferme; elle est moins variable, moins exposée aux vicissitudes qu'une langue inculte, ou qui n'en est qu'aux rudimens de sa culture.

L'histoire vient à l'appui de ces réflexions. Les Romains, dès les premiers siècles de leur République, s'efforçèrent d'introduire leur langue dans les provinces conquises, sans pouvoir y réussir. Aucun Grec ne voulut apprendre le jargon du Peuple-roi, tandis que tous les Romains bien élevés s'empressaient à apprendre le Grec. Ce n'est que sous les premiers Empereurs que la langue latine, formée alors et perfectionnée, osa concourir avec la Grecque.

Les Barbares du Nord, vainqueurs de l'empire d'Occident, adoptèrent eux-mêmes la langue des peuples vaincus, parce que, toute corrompue qu'elle était, ils la jugeaient encore préférable à la leur. Charlemagne, passionné pour sa langue maternelle, s'épuisa en vains efforts pour la faire fleurir dans ses domaines gaulois; il essaya lui-même d'en rédiger la grammaire: cette langue fut parlée à sa cour et à celle de ses successeurs, comme on l'avait déjà parlée sous les rois de la première race; cependant le latin demeurait la langue de l'église, du cabinet, des tribunaux, des savans; et même ce mauvais dialecte du peuple, appellé langue romance, prévalut sur la langue franque, au point de la bannir entièrement des Gaules et de la faire rentrer dans ses anciennes limites : tant ce petit reste de culture dérivé du latin donnait encore de supériorité à cette langue romance !

La Valaquie offre un autre exemple de ce genre. Le Valaque sous tant de maîtres dont tour-à-tour il subit le joug, n'a jamais démenti son origine romaine, et quoi qu'à la longue son idiome ait été altéré par l'alliage de l'Esclavon, le Latin y prédomine jusqu'à ce jour.

La culture de la langue et celle de l'esprit national marchent ensemble et influent l'une sur l'autre ; mais leurs effets, quoiqu'aboutissant au même terme, doivent être considérés séparément.

Figurons-nous ce Peuple dont la langue par son mérite intrinsèque, a déja de si justes prétentions à l'universalité ; figurons-nous ce Peuple éclairé, civilisé, poli : les sciences, toutes les connaissances utiles et agréables y sont en honneur, et au faîte de la perfection ; les mœurs adoucies, les sentimens analysés dans leurs nuances les plus délicates, l'esprit social assaisonné d'urbanité ; l'industrie, le goût, les beaux-arts, les arts du luxe ramifiés en mille manières diverses. Tout y est développé, mûri, raffiné, inscrit en termes propres et choisis dans les archives de la langue.

Fier de tant de prérogatives, ce Peuple s'abaissera-t-il à prendre quoique ce soit des Nations voisines qui n'ont point fait les mêmes progrès? Et celles-ci sentant leur infériorité, qu'auront-elles de mieux à faire que d'aller chez lui se policer, se former, s'instruire? Les étrangers afflueront de toute part dans sa capitale, pour y consulter les savans et les artistes, pour étudier les productions de l'industrie, admirer les monumens de l'art, jouir des spectacles, des fêtes, des plaisirs de la société. Avec le goût pour ces belles choses, ils rapporteront nécessairement dans leur patrie, celui d'une langue sans laquelle la plupart de ces jouissances leur eûssent été interdites.

Ce Peuple supposé ne peut manquer de chefs-d'œuvres en aucun genre. Il aura des poëtes, des orateurs, des historiens, des livres de science, de littérature, d'agrément, du premier ordre, et du meilleur goût. Ce seront des modèles recherchés avec ardeur d'un bout de l'Europe à l'autre : ils pénétreront partout, et la langue, et l'amour de la langue avec eux. Cette même cause produira les mêmes effets dans les contrées du dehors où ce peuple se répandra. Voyez le changement prodigieux opéré par la courte apparition de Carnéade à Rome. Sa philosophie, dont la jeunesse romaine devint si avide et qui brava tous les efforts du sénat et de Caton, fut un nouveau véhicule pour la langue grecque, seule dépositaire des termes nécessaires pour enseigner cette philosophie.

Donnons enfin à ce peuple un poids considérable dans le système politique; combien cette dernière cause n'élevera-t-elle point l'influence des deux précédentes ? Si ce Peuple était conquérant, sa langue le serait aussi ; elle suivrait ses drapeaux victorieux, et se naturaliserait chez les Peuples soumis, intéressés à plaire à leurs nouveaux maîtres. C'est ainsi que les victoires d'Alexandre firent triompher la langue grecque dans l'Asie et dans l'Egypte; et que le latin est devenu en peu de tems la langue universelle, populaire même, des Gaules et de l'Espagne.

Mais sans avoir besoin de conquêtes, il suffit que la Nation dont je parle soit la première en pouvoir, en crédit, en importance. Son empire, plus paisible, n'en sera pas moins assuré; elle dominera sur les esprits; elle subjuguera les volontés, les goûts, les penchans. On connaît l'enthousiasme des hommes pour tout ce qui a une apparence de grandeur, et que leur imagination éblouie aggrandit encore davantage. Tous les regards seront tournés vers un peuple dont on a conçu de si hautes idées; on le trouvera plus puissant, plus magnifique, plus glorieux, plus poli, qu'il n'est effectivement; on trouvera ses procédés plus nobles, plus magnanimes, ses mœurs plus douces, son commerce plus aimable, sa langue plus belle. On voudra l'imiter, prendre ses usages, ses modèles, s'habiller, se présenter, marcher, *parler* comme lui.

Enfin, son influence politique le rendra comme présent chez toutes les autres Nations, dans leurs cours, dans leurs conseils, dans leurs sociétés; aucune affaire importante ne se traitera sans son intervention; il aura par-tout ses députés, ses agens, ses correspondans, ses émissaires; et comme cette même influence fera briguer son alliance et son amitié par les états voisins, on conçoit aisément qu'il y donnera le ton, en matière de langue comme en toute autre chose.

Les trois principes que l'on vient de poser renferment les raisons fondamentales qui peuvent ériger une langue en langue universelle. Mais comme le besoin d'une pareille langue ne pouvait exister avant que les divers états de l'Europe formassent des relations entr'eux, et devenait plus pressant à mesure que ces relations se multipliaient, il faut jetter un coup-d'œil sur leur naissance et sur leurs accroissemens, ou, ce qui revient au même, il faut voir par quelles gradations s'est élevé le systême politique de l'Europe moderne.

On ne saurait nier que le chistianisme ne soit tout ensemble et la base et le ciment de ce grand édifice. Le pouvoir exhorbitant de l'évêque de Rome (si long-tems impliqué dans les choses temporelles) contribua beaucoup à l'affermir, parce qu'il demeurait le seul point de réunion au milieu de l'anarchie féodale. Ensuite vinrent les croisades; l'Asie fut le rendez-vous de toutes les nations de l'Europe, comme cette même région l'avait été pour les états de la Grèce dans leur ancienne croisade contre les Troyens. La chevalerie errante, les tournois, la fraternité d'armes formèrent de nouvelles liaisons entre la Noblesse européenne ; enfin l'invention de l'imprimerie, et celle des postes, facilitèrent la correspondance entre les différens pays, y firent circuler les productions de l'industrie et celles de l'esprit humain pêle-mêle avec ses erreurs.

Mais la grande époque, où la forme systématique de ces relations fut ébauchée, est le règne de l'empereur Charles-Quint. Les possessions immenses qui rendirent ce Prince si puissant et si formidable, ses négociations avec Rome, l'Angleterre et la France, ses guerres en Italie, en Allemagne, dans les Pays-Bas, la découverte des deux Indes, le grand schisme religieux, les lettres renaissantes, et l'esprit humain réveillé de sa longue léthargie, toutes ces conjonctures tendaient à rapprocher les peuples par une infinité de relations civiles et politiques, fesaient tout mouvoir, tout fermenter, excitaient un flux et reflux perpétuel de contrée à contrée.

Au milieu de cette période prolongée depuis Charles-Quint jusqu'à nous, tombe la paix de Westphalie, où l'Europe paraît déjà comme une vaste famille dont les membres long-tems divisés, viennent se rapprocher, discuter amiablement leurs intérêts, démêler et terminer leurs différends; l'histoire du monde n'a point d'événement plus mémorable que ce congrès.

On sent que dans le cours de cette même période, la langue universelle devenait de plus en plus nécessaire; et c'est alors précisément que les trois motifs de préférence que j'ai assignés plus haut, concoururent en faveur de la même langue, et lui assurèrent une fortune qui probablement lui demeurera.

SECTION II.

Il n'y avait, dans ce tems que les trois filles de la langue latine qui pussent y aspirer. La langue Italienne fut la première des trois à se former; elle était déjà fort avancée, quand ses deux sœurs croupissaient encore dans la barbarie. Les Italiens précédèrent également les autres Peuples dans la culture de l'esprit; ils retirèrent les manuscrits et les monumens de l'antiquité de la poussière et des décombres où ils étaient ensevelis: ils furent les restaurateurs du goût et les précepteurs de l'Europe dans les sciences et dans les arts. Rome était, si l'on peut parler ainsi, le centre spirituel et politique du monde chrétien, la Toscane celui du commerce; des universités, immensément peuplées, les pélérinages, quatre jubilés par siècle, les guerres des Allemands, des Français, des Espagnols, dont l'Italie fut le théâtre, y attiraient une affluence prodigieuse d'étrangers : il doit sans doute paraître étonnant que la langue de cette contrée, langue d'ailleurs si douce et si belle, ne soit pas parvenue à une domination que tant de causes semblaient lui promettre.

Mais d'abord, quoique ces causes ne soient pas demeurées sans effet, elles ne pouvaient pas en avoir encore de bien sensibles dans le 14e. siècle. La langue Italienne quoique très-cultivée, n'avait pas acquis un degré suffisant de consistance. Ce siècle fut illustré par de grands écrivains, mais en petit nombre; ils se réduisaient à Dante et à Pétrarque parmi les poëtes, à Boccace et à Villani parmi les prosateurs. *Le reste ne vaut pas l'honneur d'être nommé*; et l'imprimerie, ce grand canal de communication des richesses littéraires, n'était pas inventée.

La renaissance des lettres Grecques et Latines, à laquelle les savans de ce siècle et du suivant consacraient toutes leurs veilles, formait un second obstacle. Leur langue maternelle, en comparaison du Latin, leur paraissait trop peu de chose; elle était à leurs yeux *l'enfant dégénéré d'une mère immortelle*. Pétrarque lui-même ne voulait passer à la postérité que par ses productions latines, et ne comptait pour rien ces charmantes chansons dictées par l'amour et par Laure, qui cependant l'y ont seules conduit. C'est ce préjugé qui rendit tout le 15e. siècle si stérile en bons écrivains et sur-tout en bons poëtes. Politien, le meilleur d'entr'eux, pêche si fort contre la pureté du langage qu'on le croirait antérieur à Pétrarque de cent années. Le style latin même de ce siècle si idolâtre des Anciens, ne valait pas celui du 14e., parce que le vrai goût languissait étouffé sous une lourde et pesante érudition.

Ainsi la langue Italienne ne monta au sommet de sa gloire que dans le siècle de Léon X, ou dans celui de l'Arioste, du Tasse, et de Machiavel. Alors Florence parut comme le siége de la littérature, des beaux arts, de la politesse, qui delà versèrent leurs bénignes influences dans toutes les provinces, dans toutes les cours d'Italie, et après avoir passé les Alpes, dans l'Europe entière. La fin du 16e. et 17e. siècle en fournissent des preuves que notre Auteur a rassemblées dans une note curieuse et instructive. Comme ces jours brillans de l'Italie coïncident avec la formation du nouveau systême politique, la langue Toscane devait faire fortune alors ou jamais. Puissamment favorisée par les deux premières causes qui y conduisent, elle échoua faute d'être secondée par la troisième.

L'Italie qui en elle même n'est pas d'une étendue considérable nē composait point un empire réuni sous un seul chef. La Toscane n'en forme qu'une petite province; et Florence n'est pas un Londres, un Paris.

Venise offusquait l'Italie dans le systême politique; et Venise avait son dialecte particulier. Celui de la Toscane

Toscane loin de pouvoir prétendre à la domination universelle, ne domina pas même dans toute l'Italie ; des hommes de lettres d'un grand nom, Bembo, Trissin, Castiglione, se soulevèrent contre son despotisme, comme ils le nommaient. La critique injuste et déraisonnable de la Jérusalem du Tasse, décrédita l'Académie florentine. Ces divisions domestiques nuisirent à la propagation de la langue au dehors.

L'âge d'or de la langue espagnole se rencontre également dans le seizième siècle : sous Ferdinand et Isabelle, sous Charles-Quint, sous Philippe II, l'Espagne fut au comble de sa gloire politique. Aussi en ce tems la réputation de la langue Castillanne égale presque celle de l'Italienne ; notre auteur prouve qu'elle ne fut guères moins répandue.

Mais cette période brillante fut trop courte pour laisser des traces durables. L'Espagne d'ailleurs, par sa position géographique, est plus séparée du reste de l'Europe que ne le sont la France et l'Italie ; et le caractère de la nation n'est pas communicatif. Charles-Quint même, sous qui la langue Espagnole commença à fleurir, ne fit pas pour elle ce qu'il aurait pu faire. Il s'affectionnait à ses Pays-Bas et à l'Italie ; et sans préférence marquée pour les Espagnols, il employa indistinctement, dans ses armées, dans ses conseils, dans ses ambassades, des Allemands, des Italiens, des Français, des Flamands.

Mais la langue Espagnole et l'Italienne rencontrèrent un obstacle bien plus fort, et que ni l'une ni l'autre n'ont pu surmonter. C'est l'attachement opiniâtre pour la langue latine, qui subsista dans le seizième siècle ou plutôt qui s'y renouvella.

Tout se traitait en latin. La Cour pontificale expédiait ses brefs et ses bulles dans cette langue : les Nonces du Pape la regardaient comme la leur. Elle fut celle des conversations : des princes, des personnes du premier rang, des femmes mêmes la parlaient. On ne voulut l'abandonner ni dans les contrats, ni dans les transactions judiciaires ; on eût craint de blesser la conscience, et de dissoudre le nœud social de la chrétienté.

Les hommes lettrés, remplis de leur érudition classique, en poussèrent l'amour jusqu'au fanatisme. Le cardinal Bembo déclare qu'il n'échangerait pas son style latin contre le marquisat de Mantoue. La folie du Cicéronianisme leur tournait la tête : et quand Erasme voulut la combattre, on lui prodigua les épithètes d'ivrogne, de bourreau, de luthérien, de monstre. Cet homme, dit Scaliger, non-content d'avoir attaqué Jesus-Christ et Dieu le père, porte l'insolence jusqu'à attaquer Ciceron !

Tant que ce fanatisme durait, aucune autre langue ne pouvait se faire jour, et prendre le rang de langue universelle ; un si beau partage était le patrimoine du latin. Mais quand cette langue descendit de ce haut rang, l'Espagnol et l'Italien n'étaient déjà plus en mesure de prendre sa place. Le Français seul trouva la route applanie pour exercer une dénomination devenue plus que jamais nécessaire.

SECTION III.

Depuis le commencement du dix-septième siècle le pouvoir politique de la France se consolida de plus en plus, et alla toujours en croissant. La grandeur réelle de l'Italie s'était éclipsée avec l'empire Romain, et la Réformation ôta à la Rome papale jusqu'à cette grandeur factice dont elle jouissait encore. Celle de l'Espagne avait passé son midi, et déclinait visiblement. La France s'élevait au contraire, et bientôt son influence s'étendit et rayonna de toutes parts. Par la paix de Westphalie, elle dicta des lois à la maison d'Autriche, et à la moitié de l'Europe; sous Louis XIV elle inspira tant de terreur qu'elle obligea tous les autres états à se liguer contre elle. Mais après en avoir triomphé, elle se montra à la paix de Nimègue dans son plus haut période de gloire et de splendeur.

Sa langue la suivit dans tous ses degrés d'élévation : au congrès de Westphalie, elle avait déjà un ascendant marqué sur ses rivales : mais à celui de Nimègue elle fut l'organe de communication entre les députés des différens états : les mémoires qui discutaient leurs intérêts, étaient conçus en cette langue : on n'en parlait pas d'autre dans les conférences, et dans les assemblées. De cette époque, date sa vogue générale dans les cours de l'Europe, dans le grand monde, dans le beau monde.

Point de situation plus heureuse que celle de la France, pour porter en tous lieux son influence et sa langue ; ses frontières touchent aux pays les plus considérables de la partie de la terre que nous habitons ; et les mers qui la baignent, lui ouvrent l'accès des plages les plus lointaines. C'est le pays le plus riche, et le plus peuplé de l'Europe ; et si l'on compte au nombre des Français les habitans des provinces conquises, et des contrées limitrophes où leur langue se parle familièrement, la Nation française est la plus nombreuse de l'Europe après l'Allemande et l'Esclavonne.

La langue française a d'ailleurs en elle-même de quoi se faire aimer et rechercher préférablement aux autres. Son caractère essentiel est la plus grande régularité qui en facilite extrêmement l'intelligence. En étudiant une langue étrangère, les premiers ouvrages qui nous attirent, sont les morceaux d'éloquence et de poësie : or ici, l'Espagnol et l'Italien font essuyer bien des difficultés, par leurs constructions peu naturelles, et par la hardiesse de leurs inversions ;

la poësie italienne sur-tout par des licences de toute genre qui en font comme une langue à part, comme une nouvelle langue. Chez les Français au contraire, il y a peu de différence entre la poësie et la prose; si vous comprenez Pascal, vous comprendrez les odes de Rousseau. Leurs poëtes n'usent d'inversions qu'avec une extrême sobriété, et l'usage en a été resserré dans des bornes plus étroites, à mesure que la langue s'est perfectionnée. Elle ne souffre rien de vague, rien d'indéterminé; elle est fixée, finie, achevée, pour le fond et pour la forme, autant qu'une langue peut l'être : et le Peuple qui passe pour si léger, montre ici une constance, une inflexibilité à toute épreuve. Il s'en faut de beaucoup qu'il autorise chaque écrivailleur à construire contre les règles, et à donner des entorses au style national. L'écrivain le plus illustre ne le hasarderait pas impunément : les moindres fautes qui lui échapent sont aussitôt relevées. Lorsque le besoin exige des expressions neuves et inusitées, elles passent par un examen rigide avant d'être admises, et ne sont incorporées dans la langue que d'après les lois sévères de la plus stricte analogie. Cette régularité fait honneur à la Nation française, et prouve qu'elle abondait en excellens esprits dans le tems où sa langue s'est formée. Car l'institution de son Académie n'eût point opéré cet effet si le germe n'en avait préexisté, si un sens droit, une raison mûre, un certain sentiment de l'ordre et des convenances n'avaient régné dans le caractère national, et sur-tout chez la plus belle partie de la nation. Voilà ce qui mit cette Académie, composée en elle-même de l'élite des gens de lettres, en état de rendre des services signalés à la langue. Que l'on n'objecte pas que cette marche régulière et compassée nuit à l'originalité des pensées, et qu'elle étouffe le génie; elle ne l'étouffera point aussi longtems qu'elle ne dégénerera pas en un purisme minutieux et ridicule; elle ne fera qu'en modérer la fougue et l'empêchera d'extravaguer. J'aurais observé ici que l'esprit le plus original de l'Angleterre, le docteur Swift, sentit l'utilité dont serait pour sa nation un établissement semblable à celui de l'Académie française; il en dressa le plan; et certes ce qu'il voulait n'était pas de donner des entraves à son génie.

Ici notre auteur propose une idée philosophique qui s'est souvent présentée à mon esprit. Dans le cours de notre existence présente, nos facultés ne sauraient se développer que jusqu'à un certain point, qu'on pourrait appeller leur *maximum*. Il en est de même de l'esprit d'une nation entière, et par conséquent de sa langue. Si l'on veut pousser le perfectionnement au-delà de ce point, ce n'en est plus un, et l'on gâte les choses au lieu de les améliorer. Ne serait-il donc pas avantageux pour chaque langue d'être fixée et arrêtée à ce point précis? Et la langue française n'a-t-elle pas eu cet avantage ? J'aurais un autre problême à proposer. La faiblesse des choses humaines étant telle que les perfections ne s'acquièrent qu'aux dépens l'une de l'autre, il s'agirait de trouver, pour une langue donnée, la combinaison des qualités la plus heureuse, et de laquelle au total il résultât la plus grande perfection dont la nature de cette langue la rendît susceptible. On déterminerait, par exemple, comment sa régularité se concilie avec sa richesse, jusqu'où il convient de sacrifier l'une à l'autre, et dans quelle proportion elles doivent se balancer. Et ainsi de la forme, de l'harmonie et des autres qualités. Les langues mortes et nos langues vivantes seraient ici autant de phénomènes à analyser et à comparer. Et je ne pense pas si l'on excepte l'idiôme de l'ancienne Grèce, que la langue française perdît beaucoup à cette comparaison.

Cette langue n'avait pas attendu le siècle de Louis XIV pour s'annoncer avec un certain éclat; elle en eut dès son aurore, et même avant le lever de cette aurore. Pour ne point citer Malherbe, qui fut le premier à la dégrossir, Montaigne, Rabelais, Marot, Ronsard même, qui *parle grec en français*, avaient trouvé des traducteurs et des imitateurs hors de la France. Que dis-je ? la réputation de sa langue perçait déjà à travers les ronces de la barbarie dont elle était hérissée; ce qui supposait une bonté intrinsèque dans ses parties constitutives et élémentaires, quoique dissoutes encore et dispersées dans le chaos. La chronique des Esclavons, d'Arnold évêque de Lubec, rapporte au 13e. siècle, que les Danois envoient leurs jeunes gens de condition à Paris pour apprendre l'idiôme de cette ville, idiôme si propre aux matieres dialectiques et ecclésiastiques, légales et décrétales, à cause d'une certaine *célérité* qui lui est naturelle (*propter naturalem linguæ celeritatem*). Voilà déja le Français bien caractérisé, et ceci prouve que ce caractère tenait au fond même de la langue, puisqu'elle n'avait pas encore de forme (1).

Mais venons au caractère national des Français, et à la culture qu'ils ont donnée à leur esprit. La France jouit d'un climat tempéré qui ne tend ni à dissiper les esprits vitaux, et à relâcher les fibres par l'excès de la chaleur, ni à les roidir et à les engourdir par celui du froid. Son terroir n'offre ni cette sur-abondante fertilité qui invite à la paresse,

(1) Dans un manuscrit irlandais du même siècle, publié depuis peu en Danemarck, un ministre d'état, retiré du monde, exhorte son fils à donner sa principale application aux deux langues qui sont de l'usage le plus étendu, au latin et au *valsko*, qui est probablement le valon ou le gaulois. Au 13e. siècle, Brunetto Latini préfère le français à son italien pour composer son livre du *Trésor*, parce qu'il lui paraît plus *dilettabile*.

ni cette stérilité désolante qui décourage l'industrie. Le voisinage de l'Italie peupla de bonne heure ses provinces méridionales de colonies romaines; les Grecs y avaient également abordé, et Marseille, par leurs soins, était devenue une nouvelle Athènes. C'est un fait remarquable que ces provinces sont les premières où les sciences et les arts, relevés de dessous leurs ruines, ont commencé à revivre. Six siècles de barbarie n'avaient pas tellement étouffé la bonne semence, que, sous une influence plus favorable, elle ne repoussât aussitôt, et ne se transplantât même de là sous le ciel d'Italie. La langue et la littérature latines s'étaient anciennement habituées dans les Gaules: on estima des orateurs et des jurisconsultes gaulois à Rome même, où ils voyageaient, dit St.-Jérôme, pour tempérer la richesse et l'élégance de leur style national par la gravité romaine. Mais quand la langue latine s'y fut corrompue, la nouvelle langue vulgaire qui nacquit de ses débris, ne laissa pas d'être encore fécondée par la source dont elle était originairement émanée. Lui fallait-il de nouveaux termes pour de nouvelles idées que la culture progressive de la nation amenait; le latin les lui fournissait avec une facilité surprenante, et moyennant quelques inflexions, elle se les appropriait aisément. Les deux sœurs de la langue française partageaient cet avantage avec elle, mais la langue allemande et les langues du nord en furent privées : et c'est ce qui rallentit leurs progrès.

Les changemens particuliers arrivés dans la constitution politique de la France, contribuèrent, plus que toute autre cause morale, à former le caractère français tel qu'il est aujourd'hui. Au milieu de la confusion féodale, la dignité royale représentait au moins à la tête des provinces et les réunissait en un corps. Quand cette dignité fut exaltée jusqu'au pouvoir monarchique, la noblesse en perdant ses domaines et ses droits, ne perdit pas ses prétentions, et fut toujours assez considérée pour mettre des barrières au pouvoir arbitraire. Le clergé faisait un collége respectable que la Cour avait des raisons de ménager. Les villes et le peuple, protégés par les monarques, sortirent de la poussière, et obtinrent une partie des priviléges enlevés aux seigneurs : ainsi la liberté ne périt point ; elle fut seulement répartie en masses plus égales sur tous les ordres de l'état. On sait que le contraire eut lieu en Allemagne où le pouvoir suprême échut aux grands vassaux, et au peuple une servitude dont tous les vestiges ne sont pas effacés. En France, les mœurs se mitigèrent et s'adoucirent ; la population de la capitale excita, entretint l'esprit de société : Paris se modela sur la Cour et tout le royaume sur Paris.

Dans cette souplesse de caractère, dans cette décence, dans cette douce aménité des mœurs, consiste la politesse française. Egalement éloignée de la licence effrenée, et de la timidité farouche, c'est une franchise honnête qui fait le charme du commerce de la vie, réprime les passions et l'humeur insociable, donne un nouveau prix à l'éloge, émousse la pointe du reproche, embellit les actes de bienfaisance en les fesant regarder comme un soulagement qu'on procure à son propre cœur, rapproche les classes inférieures des supérieures, et semble rétablir l'égalité naturelle entre les hommes. Cette politesse est la plus belle fleur de l'humanité; elle suppose un fonds de bonté d'ame chez la génération présente, ou plutôt chez les générations passées; car à présent on a lieu de craindre qu'à force de raffinement elle ne dégénère en pures formalités, ou ce qui est pire, en hypocrisie, et qu'elle ne devienne l'instrument de la fraude.

Le naturel des Français avait penché de tout tems vers cette urbanité de mœurs : Thomas Becket la leur reconnaît au 12e. siècle ; au 14e. Pétrarque n'ose la leur contester dans le livre même où il exhale contre eux toute sa mauvaise humeur. Dans les tems chevaleresques, quoi de plus renommé que la courtoisie des chevaliers français ?

Ce caractère national que nous venons de crayonner, se peint dans les productions de l'esprit. Quel pays se vantera d'autant d'ouvrages aussi généralement estimés dans tous les pays, par les individus du premier rang, par tout ce qu'il y a d'hommes civilisés; d'autant d'ouvrages en un mot qui aient répandu une aussi grande somme de sensations agréables dans la société humaine? Or c'est ici le sceau et l'empreinte du vrai goût, la seule lumière à laquelle on le discerne, la seule règle pour l'apprécier. Vos prédilections, vos engouemens particuliers ne décident de rien en cette matière. Vos théories abstraites et philosophiques, démontreront tout ce qui vous plaira, mais ne changeront pas la façon générale de sentir. Il y a donc incontestablement dans le goût français du bon siècle, une séduction universelle qui plaît à toutes les nations policées. Direz vous que c'est une certaine médiocrité? On pourrait en convenir, et répondre que c'est une médiocrité précieuse, la médiocrité d'or du poëte latin (1); elle consiste dans ce beau naturel, dans cet heureux mélange de la simplicité, et de la clarté avec l'agrément de la diction. Et trouvez-vous que ce soit là un mérite si léger?

La clarté, qui fait l'essence du style français, tient au mécanisme même de la langue. Les périodes un peu longues ne s'y tolèrent qu'avec peine; et si on ne peut les éviter, on met tout son art à les organiser de façon qu'elles ne soient ni obscures, ni embar-

(1) *Aurea mediocritas.*

rassées, ni traînantes. Les amphibologies, si communes dans les autres langues, sont sévèrement proscrites dans celle-ci : tous les rapports doivent y être exactement marqués, et chaque période avoir sa pensée principale qui, comme un point lumineux, se réflete dans les phrases subordonnées.

En vertu de cette même loi, le goût français exige beaucoup de sagesse dans l'emploi des métaphores et des comparaisons; il hait le guindé, l'hiperbolique, le gigantesque, tout ce qui sort des belles proportions de la nature.

C'est dans les bonnes pièces de théâtre que ce goût se manifeste particulièrement; leur plan est simple, se développe sans contrainte, se fait suivre sans effort; le style en est pur, toujours au niveau du sujet, et d'une élégance continue. La bonté moyenne, prescrite par Aristote, est fidèlement observée dans les grands caractères tragiques; ce ne sont ni des séraphins ni des démons, ce sont des hommes. La terreur des catastrophes ne va jamais jusqu'à l'horreur et au dégoût, et la scène ne se convertit point en une boucherie. Les drames sérieux ne sont pas défigurés par la farce: on n'y mêle pas au langage des héros, ou des honnêtes gens, le langage de la canaille ignorante et grossière. Le ton de la bonne compagnie règne dans les pièces comiques; la raison, la bienséance, les mœurs y sont respectées. Les bons écrivains français ne courent point après l'extraordinaire: ils n'ambitionnent pas d'étonner, de terrasser, de pétrifier leur lecteur : toucher, intéresser, plaire, voilà leur prétention. La pureté, la suavité, l'élégance font le caractère du siècle de Louis XIV; et convenons que ce fut aussi le caractère des beaux siècles d'Athènes et de Rome. Il se peut que vous n'aimiez que les pensées fortes, rares, originales, profondes; mais ce n'est point là ce qui fait le succès d'un livre. Vous le chercheriez en vain dans le Télémaque de Fenélon : et cependant trouvez, sur-tout pour le tems, un livre qui ait eu un succès aussi universel.

Vous préférez le *Hamlet* de Shakespeare, à l'*Iphigénie* et à la *Phèdre* de Racine, le Paradis perdu à la Henriade, une strophe de Klopstock à toutes les odes et cantates de Rousseau. Fort bien : mais prenez garde que vous n'avez ici qu'une voix négative, qui ne peut rien contre la voix publique; et soyez sûr que Racine, Voltaire, Rousseau trouveront toujours plus de lecteurs que Shakespeare, Milton et Klopstock. Notre auteur voudrait corriger ses compatriotes de ce faux goût pour une originalité qui n'est que de la singularité ou de l'afféterie; et de leur prévention contre le goût français. Ils devraient savoir, dit-il, qu'une bonne partie de ces ouvrages prétendus originaux, dont ils s'énorgueillissent, sont inconnus, ou inintelligibles, ou insupportables hors de l'Allemagne.

Dans le genre de l'éloquence, les Français ont de

véritables chef-d'œuvres ; combien n'ont-ils pas perfectionné le style de l'histoire, où les Italiens les précédèrent, et où les Anglais sont depuis peu leurs rivaux ; on pourrait ajouter leurs rivaux redoutables. Mais ce qui a donné le plus de cours à leur langue, ce sont leurs œuvres dramatiques et leurs mélanges de philosophie et de littérature : Molière et Racine, ces deux noms suffisent pour leur assurer la supériorité dans le premier de ces genres : les bibliothèques de toute l'Europe attesteront leur étonnante fertilité dans le second. Le goût français s'est ouvert l'entrée même des hautes sciences. Les mémoires de l'Académie de Paris, respirent cette clarté, cet esprit d'ordre, cette élégante précision qui font l'appanage de la langue, et qui déployant pour ainsi dire les idées les plus compliquées, les font mieux saisir et portent le jour dans les matières les plus abstraites.

Je n'aurais pas oublié ici les excellentes analyses de ces mémoires que nous devons à Fontenelle, ni ses éloges académiques, les deux ouvrages qui lui font le plus d'honneur. J'aurais cité encore l'histoire naturelle de Buffon : quel est le coin de l'Europe éclairée où ce magnifique tableau de la Nature n'ait obtenu de l'admiration ? Enfin j'aurais parlé du Dictionnaire encyclopédique, réimprimé depuis trente ans, et refondu sous tant de formes ; malgré ses défauts, qu'à la longue on fera disparaître, c'est un monument durable, qui sera consulté en tout tems, en tous pays et ne pourra l'être sans l'intelligence de la langue dans laquelle il est écrit. Une observation très-vraie de notre auteur, c'est que les connaissances que les Français empruntent du dehors, gagnent toujours à passer par leurs mains : ils les tirent des autres nations comme des matières crues, et les leur rendent manufacturées. C'est eux encore qui ont fait descendre du ciel le génie de Descartes et de Newton, et rapproché leurs sublimes découvertes à la portée du vulgaire; cela sans doute a enfanté bien des ouvrages superficiels, mais ils en sont d'autant plus recherchés : c'est de la marchandise qui pour être légère, n'en attire que plus de chalans.

Ne nous y trompons pas, la culture nationale ne s'estime point d'après quelques grands hommes qui paraissent comme des météores, mais par l'expansion des connaissances utiles et agréables dans tous les étages de la société. Avec des Copernic, des Kepler, des Leibnitz, le gros d'une nation peut-être fort stupide et fort inculte; mais le peuple qui possède des la Rochefoucauld, des Deshoulières, des Sévigné, des Maintenon, est nécessairement un peuple instruit et poli. On le reconnaîtra pour tel à un autre signe : c'est lorsqu'on le verra cultiver toutes les branches des sciences et des lettres, et ne laisser aucun vide dans l'ensemble de ses connaissances.

C'est ce qui dans la seconde moitié du siècle passé

passé ne se voyait qu'en France. Quelle ville abonda jamais en savans, en artistes, en hommes de goût, en hommes à talens de toute espèce, autant que la ville de Paris, sous le règne de Louis XIV? Or, ce règne est précisement la grande époque où s'ouvrit la communication des Français avec l'Europe entière. Ainsi tout alors coopéra pour rendre leur langue universelle, leur culture nationale, leur prépondérance politique, et jusqu'à leur humeur légère et volage, qui, aujourd'hui encore, est souvent pour eux le seul motif de s'expatrier.

Notre Auteur paraît donner ici trop peu de poids à la révocation de l'Edit de Nantes, qu'il admet tout au plus comme une cause accessoire, semblable à celles qui, dans les marées, élèvent les eaux de la mer de quelques pouces. Il est bien vrai que la fortune de la Langue française était faite dès le Congrés de Nimègue. Cependant sans parler du grand nombre des huguenots exilés, du commerce et des arts qu'ils emportèrent avec eux, n'est-ce rien que les cris lamentables, dont ces victimes de la cagoterie persécutrice firent retentir l'Europe attentive à ce grand désastre, leurs accusations et leurs apologies, leurs invectives contre leurs tyrans, les écrits de tant de Théologiens, et de Gens de Lettres du premier mérite, refugiés en Angleterre, en Hollande, en Suisse, en Allemagne? Je crois que le seul Dictionnaire de Bayle a fait un fort grand nombre de prosélites à la Langue française.

Enfin la vivacité innée aux français, leur humeur enjouée et folâtre les rendent le peuple le plus liant et le plus sociable. Ils semblent sentir un besoin irrésistible de se communiquer sans cesse.

Leur climat, leur tempéramment, leur éducation, le commerce libre entre les deux sexes, tout en un mot, engendre et nourrit en eux cet esprit. Un peuple si parleur fera parler sa langue aux autres peuples. Son air ouvert, ses manières polies et complaisantes, le feront accueillir des grands, des gens du monde, et sur-tout des femmes; son babil intarissable, quand il roulerait sur des riens, sera mieux venu d'elles que la gravité espagnole, la réserve italienne, la taciturnité anglaise et le flegme germanique. Si vous reprochez avec raison à la jeunesse française sa pétulance, son étourderie, son ton avantageux, ses airs évaporés, voyez aussi le français bien élevé, mûri par l'âge, par l'expérience, par l'usage du monde; est-il un homme plus aimable? Dépouillé des vices de sa jeunesse, il ne lui en reste que la gaité qui le suit par-tout et le quitte à peine sur les bords du tombeau; on peut dire des Français ce que Platon disait des Grecs, qu'ils ne vieillissent point.

Nous venons de voir toutes les causes physiques, politiques, morales, se réunir avec les circonstances des tems et des événemens, pour faire de la Langue française celle des cours, de la bonne compagnie, des classes supérieures, des citoyens aisés ; celle des correspondances, des manifestes, des traités, celle des savans même, enfin la Langue universelle.

SECONDE QUESTION.

Mais par où mérite-t-elle de l'être ?

Par les qualités mêmes qui lui ont aidé à le devenir, et que nous venons de détailler. Ainsi cette seconde question est résolue. L'assemblage de ces qualités, contrebalance en effet ou compense amplement toutes ses imperfections, qui ne sont encore que des imperfections relatives. Quand d'autres Langues seraient plus riches, plus harmonieuses, plus pittoresques, qu'importe, pourvu que la française ait de tout cela des doses suffisantes pour une Langue universelle, peut-être même combinée de manière à constituer un ensemble mieux proportionné dans ses parties ? Ce qu'on nomme la richesse d'une langue, n'est souvent qu'une richesse apparente, qui donne le superflu, et refuse le nécessaire. Qu'y a-t-il donc qu'on ne puisse exprimer en français ? La langue d'une nation aussi cultivée peut-elle être pauvre ? Elle a de plus ce degré d'harmonie qui s'accorde et la met, pour ainsi dire, à l'unisson avec les organes de tous les peuples de l'Europe. Enfin, le pittoresque entre peu en considération dans le choix d'une Langue universelle. Il dépend d'ailleurs du génie des écrivains, et de leur talent à manier la langue même. Lafontaine, Racine et Boileau, ne savaient-ils pas peindre? Si la Langue française mérite d'être la Langue universelle, on peut dire aussi qu'elle remplit ce poste avec honneur. Une langue perfectionnée hâte les progrès de l'esprit humain, et lui fait franchir des siècles. Or, il n'est pas douteux que l'Europe ne doive, en grande partie à la France et à l'universalité de la Langue française, sa culture, sa civilisation, la masse de lumières dont elle est éclairée.

On entend quelquefois dire que nous avons adopté cette langue, comme on adopte les modes de France. Il y a du vrai en ceci. Mais pourquoi adoptez-vous ces modes, et vous rendez-vous tributaires de la France jusque dans les choses les plus frivoles? Vous vous habillez, vous vous parez, vous vous meublez comme les Français, parce que vous trouvez de l'élégance et du goût dans leurs modes. Vous avez donné une bonne raison de les adopter. M. Necker, dans son éloge de Colbert, a été plus loin : il a cru découvrir entre les plus belles productions du génie français et les productions versatiles de la mode, une sorte de convenance spirituelle et fugitive, qu'à la vérité je ne conçois pas bien, mais qui mériterait peut-être d'être approfondie.

TROISIÈME QUESTION.

Est-il à présumer que la Langue française conserve sa prérogative et continue à être la Langue universelle ?

Dans la grande vicissitude des choses de ce monde où tout passe et tout meurt, rien de plus raisonnable que cette question. Mais on n'y peut répondre que par des conjectures et par des probabilités.

Elle se résout en celle-ci : est-il probable que les trois causes qui ont élevé la Langue française à cette prééminence, se tournent un jour contre-elle, et conspirent à l'en déposséder ? Pour amener les choses à ce point, il faudrait qu'elles se réunissent dans une autre langue avec un degré supérieur de force, et avec des circonstances favorables pour la déployer, qui donnassent à cette langue une impulsion extraordinaire, capable de vaincre les plus grandes difficultés. En voici d'abord une bien grande. La place est prise. La Langue française jouit des droits de premier occupant, du consentement exprès ou tacite des autres nations. Mais dans le système actuel de l'Europe, ces nations ne verraient plus avec la même indifférence une d'entre-elles y aspirer ; leur jalousie se réveillerait et le plus léger indice d'une pareille prétention la ferait échouer.

Ensuite, quelles sont les Langues qui pourraient tenter cette entreprise avec quelque lueur de succès? Nous pouvons d'abord exclure les anciennes émules de la Langue française, parceque les mêmes raisons qui la première fois leur ont fait manquer le trône de l'universalité subsistent encore. Mais en échange, les Anglais et les Allemands, que nous avions alors écartés du concours, pourront aujourd'hui s'y présenter. La Langue anglaise, à sa prononciation près, est extrêmement facile. Elle est de plus, riche, variée, et très-énergique; mais elle n'a point la consistance du français, que la liberté britannique ne comporte pas. Or il faut à la Langue universelle un état durable et permanent. Dans les sciences, le siècle passé et le nôtre ont vu enfanter aux Anglais de vrais prodiges. Mais la Littérature française l'emporte sur la leur, et dans le genre oratoire et dans le genre dramatique et dans les pièces d'agrément, tant pour le nombre que pour le goût, et pour ces graces legères qui plaisent universellement.

Enfin, les Français sont un peuple plus sociable, leurs sociétés sont plus douces, plus animées, plus récréatives. Voilà pourquoi, en général, on apprend leur Langue pour la parler, et celle des Anglais pour lire leurs livres.

L'Angleterre est un royaume riche et florissant,

dont le pouvoir a toujours augmenté depuis Elisabeth, et plus encore depuis Guillaume III. Ce pouvoir s'est fait craindre sur l'océan et même sur le continent ; il s'est affermi au-dehors par des victoires et des conquêtes, et au-dedans par la constitution solide du gouvernement.

Mais sans prétendre que l'Angleterre soit fort déchue de sa grandeur par la dernière guerre, qui n'a pas été heureuse ; on peut dire du moins, que circonscrite par la mer qui l'entoure, sa population ne saurait jamais égaler celle de la France, ni sa communication avec le continent être aussi immédiate et aussi étendue. Il est vrai que le commerce lui en ouvre une nouvelle, mais qui bornée pour la plupart aux côtes, aux ports, aux lieux d'étape, ne pénètre point dans l'intérieur des contrées. L'Anglais ne fait que voyager hors de son île : il s'établit rarement ailleurs, et revient vieillir et mourir près de ses foyers paternels. Voilà des raisons qui empêcheront toujours la Langue anglaise de gagner beaucoup de terrain, et de prendre un pied stable en Europe, comme elle l'a fait, et comme elle le fera de plus en plus dans l'Amérique septentrionale.

L'Allemagne forme un pays très-vaste, fort peuplé, et dont le pouvoir réside principalement dans deux grandes maisons. Elle est parfaitement située pour la communication avec les autres parties de l'Europe, et le naturel de ses habitans y incline ; l'usage de la

Langue allemande, est très-étendu ; elle se parle au-delà même du Rhin, au sud et au couchant. Celles des deux royaumes du nord, de même que le Flamand et le Hollandais n'en sont que des dialectes, et la partie australe de la Saxe supérieure est le siège de sa pureté.

La littérature allemande ne compte ses beaux jours que depuis environ quarante ans ; et quoique fort peu encouragée, elle a beaucoup produit dans cette courte période. Elle a, disent les Allemands, fait éclore un poëme épique ; elle a ranimé la lyre de Pindare et d'Horace, ressuscité et rajeuni les chants de Tyrtée. Les Idylles de Gesner, le *Musarion* de Wieland, n'ont peut-être rien de comparable en leur genre. Les Allemands ont des morceaux d'éloquence, où leur génie particulier, et leur mâle caractère sont empreints. Leur théâtre a fait quelques progrès, peut-être en fera-t-il de plus grands. Leurs historiens toujours renommés pour leur exactitude et leur bonne foi, commencent à joindre à ces grandes qualités le mérite du style. Dans la philosophie spéculative, notre Auteur ne connaît point de nation égale à la sienne : Leibnitz a sondé toutes les profondeurs de cette philosophie, il a porté les regards perçans de l'aigle dans le monde intellectuel, et jusque dans le sein de la divinité même. C'est du fond de l'Allemagne qu'est sorti le nouveau jour qui éclaire la science de la religion ramenée enfin à son vrai but, à son but unique, au bonheur du genre humain. Ici les théologiens allemands sages et modérés reçoivent de justes éloges, ils ont pensé librement, mais ils se sont arrêtés aux confins où la lumière est bordée par les ténèbres. Ils ont retranché des inutilités et des erreurs; mais leur serpe n'est pas un *instrument de dommage*; elle a émondé l'arbre pour le faire mieux fleurir dans sa beauté primitive. Enfin ce n'est pas un petit avantage pour les Allemands d'être venus les derniers. Cette circonstance, jointe à la flexibilité de leur génie et de leur langue, les a mis en état de s'enrichir des dépouilles littéraires des autres nations de l'Europe. La Langue allemande pourrait donc devenir un centre de réunion pour la littérature et le goût de tous les peuples, qui y sont comme en entrepôt. Et delà il n'y aurait pas bien loin jusqu'à la Langue universelle.

Cependant elle ne sera jamais cette langue, et le grand obstacle qui s'y oppose est en elle-même. De tous les idiômes, l'allemand est le plus difficile, il l'est plus même que le grec et le latin. Il est difficile à parler; sa prononciation l'exclut pour toujours du midi de l'Europe. Il est difficile à comprendre. Les langues dérivées qui tiennent à une souche commune, se transmettent aisément l'une à l'autre, par mille rapports qui reviennent sans cesse. Mais si delà vous passez à l'Allemand qui est une langue matrice, vous errez dans un nouveau monde, sans guide pour vous conduire, sans boussole pour vous orienter.

Mais la difficulté la plus effrayante, ce sont les constructions allemandes, leurs écarts de l'ordre naturel, la licence des transpositions ou indéterminées ou mal déterminées par des règles qui se croisent et forment elles-mêmes de nouvelles irrégularités. Ici notre Auteur entre dans des détails qui font voir combien il a approfondi le génie de sa langue, et combien il est versé dans les autres idiômes de l'Europe, dont il fait le parallèle avec le sien, mais où je me dispenserai de le suivre. Je remarquerai seulement avec lui que cette perturbation des périodes allemandes a été portée aux derniers excès par l'imagination déréglée de quelques poëtes. Le chantre de la Messiade en a hazardé de très-extraordinaires: ses singes mal-adroits ont renchéri; ils en ont infecté jusqu'à la prose même. Je sais qu'à force de peine et de travail, on peut se faire à toutes ces bizarreries, et s'apprivoiser encore avec ce style baroque, après s'être familiarisé avec les irrégularités affectées à la langue; mais ce ne sont pas du moins des attraits pour engager à l'apprendre; et dans sa concurrence avec les autres, on ne choisira pas cette langue pour l'organe de communication entre les peuples, ou pour la Langue universelle.

Le caractère de consistance ou de stabilité manque d'ailleurs à la Langue Allemande comme à la Langue anglaise. Ses grammairiens ne se sont pas encore accordés sur le nombre des déclinaisons. On dispute sur l'orthographe même ; comme si ce n'était pas assez de rebuter les étrangers par les figures gothiques de l'alphabet qui encore est double, l'un pour l'impression, l'autre pour l'écriture. Sous tous ces rapports, il est peu probable que tant de souverainetés grandes et petites, qui partagent l'empire germanique, se soumettent à une législation générale. Le goût allemand n'est pas plus stable que sa langue. A peine né, il commence à s'altèrer, et vacille aujourd'hui plus que jamais. On se dégoûte du vrai beau, on le trouve insipide, parce qu'il est simple et naturel. On s'est entiché d'une fausse énergie, de je ne sais quelle originalité bâtarde, qui pour l'ordinaire aboutit à une manière entortillée, à de l'afféterie, à des grimaces, à des contorsions très-originales en effet, et malheureusement applaudies sur la scène, non moins qu'exaltées dans les journaux. N'être ni au-dessus, ni au-dessous de son sujet, telle est la vraie perfection du style. Mais ici c'est une confusion de tous les styles, une emphase ridicule dans des sujets communs ; et souvent dans les sujets nobles ou sérieux, une trivialité de langage qui contraste désagréablement, ou des plaisanteries, de la gaieté fausse ou déplacée C'est une chose remarquable, que le dépérissement du goût national naît toujours du sein de sa perfection même. La grandeur espagnole dégénère en bouffissure ; l'harmonie italienne en des sons stériles ; l'aménité française en faux bel esprit ; le caractère penseur et vigoureux des Allemands en jargon métaphysique, et en enflure orientale.

Cette contagion que le goût allemand a contractée, si l'on n'y met ordre, le décriera de plus en plus dans les pays étrangers, où déjà les beautés de leurs chef-d'œuvres ne sont qu'imparfaitement senties, parce qu'en grande partie elles tiennent au terroir, je veux dire à un tour d'esprit particulier à la nation, à des sensations qui lui sont propres, et aux idiotismes de sa langue. Enfin les plus beaux génies de l'Allemagne paraissent à notre auteur n'avoir pas entièrement secoué la poussière des universités. Ils sont trop savans : ils mêlent trop d'érudition à leurs compositions, même dans les genres légers ; et leur philosophie, quoique très-profonde et peut-être à cause de sa profondeur même, n'a pas cours chez leurs voisins.

J'avouerai que ces remarques me semblent justes. Et voici à ce sujet une question que j'aurais à faire. Quel est l'écrivain Allemand le plus universellement goûté dans toute l'Europe, et dans les traductions presque autant que dans l'original ? Je me tromperais fort si ce n'est Gesner. Je ne connais que lui, qui en France même soit admiré sans restriction. C'est que la belle nature est belle par-tout; c'est que l'esprit, le langage, la poësie de cet écrivain sympathisent merveilleusement avec l'esprit français, avec la langue, et spécialement avec la poësie française dont le législateur a crié du haut du Parnasse.

Rien n'est beau que le vrai ; le vrai ſeul est aimable.

Et qui aurait dû dire, pour être plus exact,

Rien n'est beau que le vrai ; le vrai seul est durable.

CONCLUSION SOMMAIRE.

Il est hors de toute vraisemblance que la Langue allemande, ou aucune autre, parvienne à remplacer la française, en sa qualité de Langue universelle. Cela supposerait des révolutions si étranges et si contraires à l'état présent des choses, que bien qu'elles ne soient pas absolument impossibles, il n'y a pourtant aucun motif raisonnable de les présumer.

Après tout, n'est-il pas à desirer que la Langue française continue à jouir de ce droit ? Tous les peuples de l'Europe marchent vers la lumière. A mesure que leur esprit s'éclairera, leurs idiômes vont se dérouiller et se polir. Nous comptons déjà cinq Langues fort cultivées, et le tems viendra où nous en aurons une douzaine. La nécessité d'une Langue universelle croîtra avec leur nombre, loin de diminuer. Ne sera-t-il pas très-précieux alors d'en avoir une toute faite, éprouvée par une longue expérience et reconnue la plus propre à cet usage.

FIN.

CATALOGUE

Des Ouvrages qui se trouvent à la même adresse.

(Nota. *Tous les prix sont en espèces métalliques. En envoyant les prix fixés pour les Départemens, on recevra ces Ouvrages, franc de port, dans toute la République. Il est nécessaire d'affranchir les lettres et l'argent.*)

Les Œuvres de Chamfort de l'Académie française, 4 volumes in-8° ; 10 francs pour Paris, 15 francs pour les Départemens.

Le même à qui Mirabeau a adressé les Lettres précédentes. Parmi les Ouvrages qui n'étaient pas connus, on trouve dans ce Recueil de ses Œuvres, plusieurs Dissertations critiques, des Dialogues philosophiques, des Pièces fugitives en vers et en prose, et sur-tout un volume entier de Pensées ingénieuses et d'Anecdotes piquantes.

Voyage d'Auvergne, par *Le Grand*, 3 volumes in-8° ; 7 livres 10 sous pour Paris, 12 francs pour les Départemens.

C'est l'Ouvrage le plus complet qui ait paru jusqu'ici sur cette Province volcanisée.

La Science du Bonhomme Richard, de *Franklin*, 1 volume in-12 ; 1 livre pour Paris, 1 livre 10 sous pour les Départemens.

Ce petit chef-d'œuvre est suffisament connu ; il est précédé d'une vie de Franklin très-bien faite.

Martial, Roman pastoral dans le genre de Florian, 3 volumes in-12 ; 3 livres pour Paris, 3 livres 15 sous pour les Départemens.

Henriette et Emma, ou l'Education de l'Amitié, 1 volume in-12 ; 1 livre 10 sous pour Paris, 2 livres pour les Départemens.

C'est un Roman dans le genre anglais, d'une femme qui a le malheur d'être émigrée, mais qui sait employer ses loisirs utilement pour elle et pour les autres.

Adélaïde de Clarencé, ou les Malheurs et les Délices du Sentiment, 2 volume in-8°; 3 livres pour Paris, 5 livres 10 sols pour les Départemens.

Ce Roman est du citoyen *Vernes*, déjà connu par plusieurs Ouvrages agréables.

Avis à tous les Goutteux de la terre, petit in-18; 10 sous tant pour Paris que pour les Départemens.

C'est un Remede éprouvé, depuis 16 ans, avec un succès complet.

Voyages de Spallanzani dans les Deux Siciles, Traduction de *Toscan* et *Duval*, premier volume; 3 livres pour Paris, 4 francs pour les Départemens.

Les volumes suivans de la Traduction se publieront à mesure qu'ils seront achevés.

Histoire du Lion de la Ménagerie et de son Chien, brochure; 1 livre 10 sous tant pour Paris que pour les Départemens.

C'est un supplément nécessaire à Buffon, avec une très-belle gravure faite d'après nature.

La Décade Philosophique, Littéraire et Politique; 7 livres 10 sols pour trois mois, 15 francs pour six mois, 30 francs pour l'année, tant pour Paris qne pour les Départemens.

Cet Ouvrage périodique qui paraît par cahier tous les 10 jours, renferme les Mémoires les plus intéressans relatifs aux Sciences, à l'Agriculture, etc.; les Extraits des Livres nouveaux; des Morceaux variés de Littérature et de Morale; des Pieces fugitives en vers et en prose; l'Analyse des nouveautés théâtrales; des Remarques critiques; des Anecdotes littéraires, des Faits curieux, etc., et un Précis des événemens politiques de l'extérieur et de l'intérieur. Il jouit de quelque réputation.

www.ingramcontent.com/pod-product-compliance
Ingram Content Group UK Ltd.
Pitfield, Milton Keynes, MK11 3LW, UK
UKHW031904260826
14628UKWH00002B/981

9 782329 459653